Coleção dos Autores Célebres
da
LITERATURA BRASILEIRA

1. RESSURREIÇÃO — Machado de Assis
2. A MÃO E A LUVA — Machado de Assis
3. HELENA — Machado de Assis
4. IAIÁ GARCIA — Machado de Assis
5. MEMÓRIAS PÓSTUMAS DE BRÁS CUBAS — Machado de Assis.
6. QUINCAS BORBA — Machado de Assis
7. DOM CASMURRO — Machado de Assis
8. ESAÚ E JACÓ — Machado de Assis
9. MEMORIAL DE AIRES — Machado de Assis
10. CONTOS FLUMINENSES — Machado de Assis
11. HISTÓRIAS DA MEIA-NOITE — Machado de Assis
12. PAPÉIS AVULSOS — Machado de Assis
13. HISTÓRIAS SEM DATA — Machado de Assis
14. VÁRIAS HISTÓRIAS — Machado de Assis
15. PÁGINAS RECOLHIDAS — Machado de Assis
16. RELÍQUIAS DE CASA VELHA — Machado de Assis
17. CASA VELHA — Machado de Assis
18. TEATRO — Machado de Assis
19. CRÍTICA — Machado de Assis
20. A SEMANA — Machado de Assis

PÁGINAS RECOLHIDAS

Coleção dos Autores Célebres
da
LITERATURA BRASILEIRA

15.

Estabelecimento do texto e notas
ADRIANO DA GAMA KURY

Capa
CLÁUDIO MARTINS

Vinheta da capa e ilustrações
POTY

EDITORA GARNIER
BELO HORIZONTE
Rua São Geraldo, 53 — Floresta — Cep. 30150-070
Tel.: 3212-4600 — Fax: 3224-5151
e-mail: vilaricaeditora@uol.com.br
Home page: www.villarica.com.br

Machado de Assis

PÁGINAS RECOLHIDAS

Texto estabelecido pela 2ª ed., de 1900, e notas por
ADRIANO DA GAMA KURY

EDITORA GARNIER
Belo Horizonte

FICHA CATALOGRÁFICA

A848p   Assis, Machado de
       Páginas recolhidas / Machado de Assis . — Belo
       Horizonte : Garnier, 2006.

              180 p. — (Autores célebres, 15)

       1.Literatura brasileira. I.Título. II.Série.

                     ISBN: 85-7175-008-4

              CDU   821.134.3(81)

2006

Direitos de Propriedade Literária adquiridos pela
EDITORA GARNIER
Belo Horizonte

Impresso no Brasil
Printed in Brazil

LIVRARIA GARNIER
Fundada em 1844

CONSELHO CONSULTIVO EDITORIAL

1996-1999

Presidente
Pedro Paulo Moreira
Conselheiros
Adriano da Gama Kury
Antonio Brito da Cunha
Antonio Candido de Mello e Souza
Antonio Paim
Ascendino Leite
✟ Francisco Iglésias
Eugênio Amado
Gilda de Mello e Souza
Hênio Tavares
Homero Senna
Letícia Mallard
Melânia Silva de Aguiar
Miguel Reale
Ruth Silviano Brandão
Wilton Cardoso

1988-1991

Presidente
Pedro Paulo Moreira
Conselheiros
Adriano da Gama Kury
☦ Américo Jacobina Lacombe
Antônio Brito da Cunha
Antonio Candido de Mello e Sousa
Antonio Paim
Ascendino Leite
☦ Francisco Assis Barbosa
Francisco Iglésias
Gilka Weber
Homero Senna
☦ José de Barros Martins
Maria da Conceição de M. Coutinho Beltrão
Miguel Reale
Plínio Doyle
Wilton Cardoso

1992-1995

Presidente
Pedro Paulo Moreira
Conselheiros
Adriano da Gama Kury
Antonio Brito da Cunha
Antonio Candido de Melo e Souza
Antonio Paim
Ascendino Leite
Francisco Iglésias
☦ João Etienne Arreguy Filho
Gilda de Mello e Souza
Hênio Tavares
Homero Senna
Letícia Mallard
Melânia Silva de Aguiar
Miguel Reale
Ruth Silviano Brandão
Wilton Cardoso

ÍNDICE

Sobre esta edição 11
Prefácio 13
O caso da vara 15
O dicionário 25
Um erradio 29
Eterno! 48
Missa do galo 59
Idéias de canário 69
Lágrimas de Xerxes 74
Papéis velhos 82
A estátua de José de Alencar 90
Henriqueta Renan 93
O velho Senado 109
Tu só, tu, puro amor 122

Entre 1892 e 1894

   Vae soli! 152
   Salteadores da Tessália 155
   O sermão do Diabo 160
   A cena do cemitério 163
   Canção de piratas 168
   Garnier 173

Notas 177

SOBRE ESTA EDIÇÃO

Saíram duas edições de *Páginas Recolhidas* durante a vida do Autor, a 1ª impressa em junho de 1899, a 2ª (que reproduz a 1ª) em janeiro de 1900. A folha de rosto de ambas é idêntica:
Machado de Assis/Da Academia Brasileira/PÁGINAS RECOLHIDAS/"Quelque diversité d'herbes qu'il/y ayt, tout s'enveloppe sous le nom/de salade."/Montaigne, *Essais*, liv. I,/chap. XLVI./H. Garnier, Livreiro-Editor/71, rua Moreira Cezar, 71/Rio de Janeiro// 6, rue des Saints-Pères, 6/Paris."
Muda apenas a data do colofão: 6-99 na 1ª, 1.00 na 2ª, a cuja capa se acrescentou: NOVA EDIÇÃO, e que me serviu de texto-base.

*

Conforme explica o próprio Machado no Prefácio, comentando a epígrafe de Montaigne, o livro é variado: são páginas "escolhidas dentre muitas, por achar que ainda agora possam interessar". Umas delas são contos (entre os quais obras-primas do quilate de "Um erradio" e "Missa do Galo"); o "discurso proferido na cerimônia do lançamento da primeira pedra da estátua de José de Alencar"; o admirável ensaio sobre Henriqueta Renan; o antológico "debuxo do nosso antigo senado"; a comédia "Tu só, tu, puro amor...", peça escrita em homenagem ao tricentenário da morte de Camões; e algumas crônicas publicadas na *Gazeta de Notícias*.
Dessa forma tem o leitor a oportunidade de apreciar outras facetas do talento de Machado de Assis.

A.G.K.

NOTA:
    O preparo desta edição foi facilitado graças à colaboração de Plínio Doyle, que possibilitou o acesso à sua Machadiana.

PREFÁCIO

Montaigne explica pelo seu modo dele a variedade deste livro. Não há que repetir a mesma idéia, nem qualquer outro lhe daria a graça da expressão que vai por epígrafe. O que importa unicamente é dizer a origem destas páginas.

Umas são contos e novelas, figuras que vi ou imaginei, ou simples idéias que me deu na cabeça reduzir a linguagem. Saíram primeiro nas folhas volantes do jornalismo, em data diversa, e foram escolhidas dentre muitas, por achar que ainda agora possam interessar. Também vai aqui *Tu só, tu, puro amor*... comédia escrita para as festas centenárias de Camões, e representada por essa ocasião. Tiraram-se dela cem exemplares numerados que se distribuíram por algumas estantes e bibliotecas. Uma análise da correspondência de Renan com sua irmã Henriqueta, e um debuxo do nosso antigo senado foram dados na *Revista Brasileira*, tão brilhantemente dirigida pelo meu ilustre e prezado amigo José Veríssimo. Sai também um pequeno discurso, lido quando se lançou a primeira pedra da estátua de Alencar. Enfim, alguns retalhos de cinco anos de crônica na *Gazeta de Notícias* que me pareceram não destoar do livro, seja porque o objeto não passasse inteiramente, seja porque o aspecto que lhe achei ainda agora me fale ao espírito. Tudo é pretexto para recolher folhas amigas.

Machado de Assis.

O CASO DA VARA

Damião fugiu do seminário às onze horas da manhã de uma sexta-feira de agosto. Não sei bem o ano; foi antes de 1850. Passados alguns minutos parou vexado; não contava com o efeito que produzia nos olhos da outra gente aquele seminarista que ia espantado, medroso, fugitivo. Desconhecia as ruas, andava e desandava; finalmente parou. Para onde iria? Para casa, não; lá estava o pai que o devolveria ao seminário, depois de um bom castigo. Não assentara no ponto de refúgio, porque a saída estava determinada para mais tarde; uma circunstância fortuita a apressou. Para onde iria? Lembrou-se do padrinho, João Carneiro, mas o padrinho era um moleirão sem vontade, que por si só não faria cousa útil. Foi ele que o levou ao seminário e o apresentou ao reitor:

— Trago-lhe o grande homem que há de ser, disse ele ao reitor.

— Venha, acudiu este, venha o grande homem, contanto que seja também humilde e bom. A verdadeira grandeza é chã. Moço...

Tal foi a entrada. Pouco tempo depois fugiu o rapaz ao seminário. Aqui o vemos agora na rua, espantado, incerto, sem atinar com refúgio nem conselho; percorreu de memória as casas de parentes e amigos, sem se fixar em nenhuma. De repente, exclamou:

— Vou pegar-me com Sinhá Rita! Ela manda chamar meu padrinho, diz-lhe que quer que eu saia do seminário... Talvez assim...

Sinhá Rita era uma viúva, querida de João Carneiro; Damião tinha umas idéias vagas dessa situação e tratou de a aproveitar. Onde morava? Estava tão atordoado, que só daí a alguns minutos é que lhe acudiu a casa; era no Largo do Capim.[1]

— Santo nome de Jesus! Que é isto? bradou Sinhá Rita, sentando-se na marquesa, onde estava reclinada.

Damião acabava de entrar espavorido; no momento de chegar à casa, vira passar um padre, e deu um empurrão à porta, que por fortuna não estava fechada a chave nem ferrolho. Depois de entrar, espiou pela rótula, a ver o padre. Este não deu por ele e ia andando.

— Mas que é isto, Sr. Damião? bradou novamente a dona da casa, que só agora o conhecera. Que vem fazeı aqui?

Damião, trêmulo, mal podendo falar, disse que não tivesse medo, não era nada; ia explicar tudo.

— Descanse, e explique-se.

— Já lhe digo; não pratiquei nenhum crime, isso juro; mas espere.

Sinhá Rita olhava para ele espantada, e todas as crias, de casa, e de fora, que estavam sentadas em volta da sala, diante das suas almofadas de renda, todas fizeram parar os bilros e as mãos. Sinhá Rita vivia principalmente de ensinar a fazer renda, crivo e bordado. Enquanto o rapaz tomava fôlego, ordenou às pequenas que trabalhassem, e esperou. Afinal, Damião contou tudo, o desgosto que lhe dava o seminário; estava certo de que não podia ser bom padre; falou com paixão, pediu-lhe que o salvasse.

— Como assim? Não posso nada.

— Pode, querendo.

— Não, replicou ela abanando a cabeça; não me meto em negócios de sua família, que mal conheço; e então seu pai, que dizem que é zangado!

Damião viu-se perdido. Ajoelhou-se-lhe aos pés, beijou-lhe as mãos, desesperado.

— Pode muito, Sinhá Rita; peço-lhe pelo amor de Deus, pelo que a senhora tiver de mais sagrado, por alma de seu marido, salve-me da morte, porque eu mato-me, se voltar para aquela casa.

Depois de entrar, espiou pela rótula, a ver o padre.
(PÁGINAS RECOLHIDAS — O caso da vara, página 16)

Sinhá Rita, lisonjeada com as súplicas do moço, tentou chamá-lo a outros sentimentos. A vida de padre era santa e bonita, disse-lhe ela; o tempo lhe mostraria que era melhor vencer as repugnâncias e um dia... Não, nada, nunca, redargüia Damião, abanando a cabeça e beijando-lhe as mãos; e repetia que era a sua morte. Sinhá Rita hesitou ainda muito tempo; afinal perguntou-lhe por que não ia ter com o padrinho.

— Meu padrinho? Esse é ainda pior que papai; não me atende, duvido que atenda a ninguém...

— Não atende? interrompeu Sinhá Rita ferida em seus brios. Ora, eu lhe mostro se atende ou não...

Chamou um moleque e bradou-lhe que fosse à casa do Sr. João Carneiro chamá-lo, já e já; e se não estivesse em casa, perguntasse onde podia ser encontrado, e corresse a dizer-lhe que precisava muito de lhe falar imediatamente.

— Anda, moleque.

Damião suspirou alto e triste. Ela, para mascarar a autoridade com que dera aquelas ordens, explicou ao moço que o Sr. João Carneiro fora amigo do marido e arranjara-lhe algumas crias para ensinar. Depois, como ele continuasse triste, encostado a um portal, puxou-lhe o nariz, rindo:

— Ande lá, seu padreco, descanse que tudo se há de arranjar.

Sinhá Rita tinha quarenta anos na certidão de batismo, e vinte e sete nos olhos. Era apessoada, viva, patusca, amiga de rir; mas, quando convinha, brava como diabo. Quis alegrar o rapaz, e, apesar da situação, não lhe custou muito. Dentro de pouco, ambos eles riam, ela contava-lhe anedotas, e pedia-lhe outras, que ele referia com singular graça. Uma destas, estúrdia, obrigada a trejeitos, fez rir a uma das crias de Sinhá Rita, que esquecera o trabalho, para mirar e escutar o moço. Sinhá Rita pegou de uma vara que estava ao pé da marquesa, e ameaçou-a:

— Lucrécia, olha a vara!

A pequena abaixou a cabeça, aparando o golpe, mas o golpe não veio. Era uma advertência; se à noitinha a tarefa não estivesse pronta, Lucrécia receberia o castigo do costume. Damião olhou para a pequena; era uma negrinha, magricela, um frangalho de nada, com uma cicatriz na testa e uma queimadura na mão esquerda. Contava onze anos. Damião reparou que tossia, mas para dentro, surdamente, a fim de não interromper a conversação. Teve pena da negrinha, e resolveu apadrinhá-la, se não acabasse a tarefa. Sinhá Rita não lhe negaria o perdão... Demais, ela rira por achar-lhe graça; a culpa era sua, se há culpa em ter chiste.

Nisto, chegou João Carneiro. Empalideceu quando viu ali o afilhado, e olhou para Sinhá Rita, que não gastou tempo com preâmbulos. Disse-lhe que era preciso tirar o moço do seminário, que ele não tinha vocação para a vida eclesiástica, e antes um padre de menos que um padre ruim. Cá fora também se podia amar e servir a Nosso Senhor. João Carneiro, assombrado, não achou que replicar durante os primeiros minutos; afinal, abriu a boca e repreendeu o afilhado por ter vindo incomodar "pessoas estranhas", e em seguida afirmou que o castigaria.

— Qual castigar, qual nada! interrompeu Sinhá Rita. Castigar por quê? Vá, vá falar a seu compadre.

— Não afianço nada, não creio que seja possível...

— Há de ser possível, afianço eu. Se o senhor quiser, continuou ela com certo tom insinuativo, tudo se há de arranjar. Peça-lhe muito, que ele cede. Ande, senhor João Carneiro, seu afilhado não volta para o seminário; digo-lhe que não volta...

— Mas, minha senhora...

— Vá, vá.

João Carneiro não se animava a sair, nem podia ficar. Estava entre um puxar de forças opostas. Não lhe importava, em suma, que o rapaz acabasse clérigo, advogado ou médico, ou outra qualquer coisa, vadio que fosse; mas o pior é que lhe cometiam uma luta ingente com os sentimentos mais íntimos do compadre, sem certeza do resultado; e, se este fosse negativo, outra luta com Sinhá Rita, cuja última palavra era ameaçadora: "digo-lhe que ele não volta". Tinha de haver por força um escândalo. João Carneiro estava com a pupila desvairada, a pálpebra trêmula, o peito ofegante. Os olhares que deitava a Sinha Rita eram de súplica, mesclados de um tênue raio de censura. Por que lhe não pedia outra cousa? Por que lhe não ordenava que fosse a pé, debaixo de chuva, à Tijuca, ou Jacarepaguá? Mas logo persuadir ao compadre que mudasse a carreira do filho... Conhecia o velho; era capaz de lhe quebrar uma jarra na cara. Ah! se o rapaz caísse ali, de repente, apoplético, morto! Era uma solução, — cruel, é certo, mas definitiva.

— Então? insistiu Sinhá Rita.

Ele fez-lhe um gesto de mão que esperasse. Coçava a barba, procurando um recurso. Deus do céu! um decreto do papa dissolvendo a igreja, ou, pelo menos, extinguindo os seminários, faria acabar tudo em bem. João Carneiro voltaria para casa e ia jogar os *três-setes*. Imaginai que o barbeiro de Napoleão era encarregado de comandar a batalha de Austerlitz... Mas a igreja continuava, os seminários continuavam, o afilhado continuava, cosido à parede, olhos baixos. esperando, sem solução apoplética.

— Vá, vá, disse Sinhá Rita dando-lhe o chapéu e a bengala.

Não teve remédio. O barbeiro meteu a navalha no estojo, travou da espada e saiu à campanha. Damião respirou; exteriormente deixou-se estar na mesma, olhos fincados no chão, acabrunhado. Sinhá Rita puxou-lhe desta vez o queixo.

— Ande jantar, deixe-se de melancolias.

— A senhora crê que ele alcance alguma cousa?

— Há de alcançar tudo, redargüiu Sinhá Rita cheia de si. Ande, que a sopa está esfriando.

Apesar do gênio galhofeiro de Sinhá Rita, e do seu próprio espírito leve, Damião esteve menos alegre ao jantar que na primeira parte do dia. Não fiava do caráter mole do padrinho. Contudo, jantou bem; e, para o fim, voltou às pilhérias da manhã. À sobremesa, ouviu um rumor de gente na sala, e perguntou se o vinham prender.

— Hão de ser as moças.

Levantaram-se e passaram à sala. As moças eram cinco vizinhas que iam todas as tardes tomar café com Sinhá Rita, e ali ficavam até o cair da noite.

As discípulas, findo o jantar delas, tornaram às almofadas do trabalho. Sinhá Rita presidia a todo esse mulherio de casa e de fora. O sussurro dos bilros e o palavrear das moças eram ecos tão mundanos, tão alheios à teologia e ao latim, que o rapaz deixou-se ir por eles e esqueceu o resto. Durante os primeiros minutos, ainda houve da parte das vizinhas certo acanhamento; mas passou depressa. Uma delas cantou uma modinha, ao som da guitarra, tangida por Sinhá Rita, e a tarde foi passando depressa. Antes do fim, Sinhá Rita pediu a Damião que contasse certa anedota que lhe agradara muito. Era a tal que fizera rir Lucrécia.

— Ande, senhor Damião, não se faça de rogado, que as moças querem ir embora. Vocês vão gostar muito.

Damião não teve remédio senão obedecer. Mau grado o anúncio e a expectação, que serviam a diminuir o chiste e o efeito, a anedota acabou entre risadas das moças. Damião, contente de si, não esqueceu Lucrécia e olhou para ela, a ver se rira também. Viu-a com a cabeça metida na almofada para acabar a tarefa. Não ria; ou teria rido para dentro, como tossia.

Saíram as vizinhas, e a tarde caiu de todo. A alma de Damião foi-se fazendo tenebrosa, antes da noite. Que estaria acontecendo? De instante a instante, ia espiar pela rótula, e voltava cada vez mais desanimado. Nem sombra do padrinho. Com certeza, o pai fê-lo calar, mandou chamar dous negros, foi à polícia pedir um pedestre, e aí vinha pegá-lo à força e levá-lo ao seminário. Damião perguntou a Sinhá Rita se a casa não teria saída pelos fundos; correu ao quintal, e calculou que podia saltar o muro. Quis ainda saber se haveria modo de fugir para a Rua da Vala,[2] ou se era melhor falar a algum vizinho que fizesse o favor de o receber. O pior era a batina; se Sinhá Rita lhe pudesse arranjar um rodaque, uma sobrecasaca velha... Sinhá Rita dispunha justamente de um rodaque, lembrança ou esquecimento de João Carneiro.

— Tenho um rodaque do meu defunto, disse ela, rindo; mas para que está com esses sustos? Tudo se há de arranjar, descanse.

Afinal, à boca da noite, apareceu um escravo do padrinho, com uma carta para Sinhá Rita. O negócio ainda não estava composto; o pai ficou furioso e quis quebrar tudo; bradou que não, senhor, que o peralta havia de ir para o seminário, ou então metia-o no Aljube[3] ou na presiganga. João Carneiro lutou muito para conseguir que o compadre não resolvesse logo, que dormisse a noite, e meditasse bem se era conveniente dar à religião um sujeito tão rebelde e vicioso. Explicava na carta que falou assim para melhor ganhar a causa. Não a tinha por ganha; mas no dia seguinte lá iria ver o homem, e teimar de novo. Concluía dizendo que o moço fosse para a casa dele.

Damião acabou de ler a carta e olhou para Sinhá Rita. "Não tenho outra tábua de salvação", pensou ele. Sinhá Rita mandou vir um tinteiro de chifre, e na meia folha da própria carta escreveu esta resposta: "Joãozinho, ou você salva o moço, ou nunca mais nos vemos." Fechou a carta com obreia, e deu-a ao escravo, para que a levasse depressa. Voltou a reanimar o seminarista, que estava outra vez no capuz da humildade e da consternação. Disse-lhe que sossegasse, que aquele negócio era agora dela.

— Hão de ver para quanto presto! Não, que eu não sou de brincadeiras!

Era a hora de recolher os trabalhos. Sinhá Rita examinou-os; todas as discípulas tinham concluído a tarefa. Só Lucrécia estava ainda à almofada, meneando os bilros, já sem ver; Sinhá Rita chegou-se a ela, viu que a tarefa não estava acabada, ficou furiosa, e agarrou-a por uma orelha.

— Ah! malandra!
— Nhanhã, nhanhã! pelo amor de Deus! por Nossa Senhora que está no céu.
— Malandra! Nossa Senhora não protege vadias!

Lucrécia fez um esforço, soltou-se das mãos da senhora, e fugiu para dentro; a senhora foi atrás e agarrou-a.

— Anda cá!
— Minha senhora, me perdoe! tossia a negrinha.
— Não perdôo, não. Onde está a vara?

E tornaram ambas à sala, uma presa pela orelha, debatendo-se, chorando e pedindo; a outra dizendo que não, que a havia de castigar.

— Onde está a vara?

A vara estava à cabeceira da marquesa, do outro lado da sala. Sinhá Rita, não querendo soltar a pequena, bradou ao seminarista:

— Sr. Damião, dê-me aquela vara, faz favor?

Damião ficou frio... Cruel instante! Uma nuvem passou-lhe pelos olhos. Sim, tinha jurado apadrinhar a pequena, que, por causa dele, atrasara o trabalho...

— Dê-me a vara, Sr. Damião!

Damião chegou a caminhar na direção da marquesa. A negrinha pediu-lhe então por tudo o que houvesse mais sagrado, pela mãe, pelo pai, por Nosso Senhor...

— Me acuda, meu sinhô moço!

Sinhá Rita, com a cara em fogo e os olhos esbugalhados, instava pela vara, sem largar a negrinha, agora presa de um acesso de tosse. Damião sentiu-se compungido; mas ele precisava tanto sair do seminário! Chegou à marquesa, pegou na vara e entregou-a a Sinhá Rita.

Dê-me a vara, Sr. Damião!
(PÁGINAS RECOLHIDAS — O caso da vara, página 23)

O DICIONÁRIO

Era uma vez um tanoeiro, demagogo, chamado Bernardino, o qual em cosmografia professava a opinião de que este mundo é um imenso tonel de marmelada, e em política pedia o trono para a multidão. Com o fim de a pôr ali, pegou de um pau, concitou os ânimos e deitou abaixo o rei; mas, entrando no paço, vencedor e aclamado, viu que o trono só dava para uma pessoa, e cortou a dificuldade sentando-se em cima.

— Em mim, bradou ele, podeis ver a multidão coroada. Eu sou vós, vós sois eu.

O primeiro ato do novo rei foi abolir a tanoaria, indenizando os tanoeiros, prestes a derrubá-lo, com o título de Magníficos. O segundo foi declarar que, para maior lustre da pessoa e do cargo, passava a chamar-se, em vez de Bernardino, Bernardão. Particularmente encomendou uma genealogia a um grande doutor dessas matérias, que em pouco mais de uma hora o entroncou a um tal ou qual general romano do século IV, Bernardus Tanoarius; — nome que deu lugar à controvérsia, que ainda dura, querendo uns que o rei Bernardão tivesse sido tanoeiro, e outros que isto não passe de uma confusão deplorável com o nome do fundador da família. Já vimos que esta segunda opinião é a única verdadeira.

Como era calvo desde verdes anos, decretou Bernardão que todos os seus súditos fossem igualmente calvos, ou por natureza ou por navalha, e fundou esse ato em uma razão de ordem política, a saber, que a unidade moral do Estado pedia a conformidade exterior das cabeças. Outro ato em que revelou igual sabedoria, foi o que ordenou que todos os sapatos do pé esquerdo tivessem um pequeno talho no lugar correspondente ao dedo mínimo, dando assim aos seus súditos o ensejo de se parecerem com ele, que padecia de um calo. O uso dos óculos em todo o reino não se explica de outro modo, senão por uma oftalmia que afligiu a Bernardão, logo no segundo ano do reinado. A doença levou-lhe um olho, e foi aqui que se revelou a vocação poética de Bernardão, porque, tendo-lhe dito um dos seus dous ministros, chamado Alfa, que a perda de um olho o fazia igual a Aníbal, — comparação que o lisonjeou muito, — o segundo ministro, Ômega, deu um passo adiante, e achou-o superior a Homero, que perdera ambos os olhos. Esta cortesia foi uma revelação; e como isto prende com o casamento, vamos ao casamento.

Tratava-se, em verdade, de assegurar a dinastia dos Tanoarius. Não faltavam noivas ao novo rei, mas nenhuma lhe agradou tanto como a moça Estrelada, bela, rica e ilustre. Esta senhora, que cultivava a música e a poesia, era requestada por alguns cavalheiros, e mostrava-se fiel à dinastia decaída. Bernardão ofereceu-lhe as cousas mais suntuosas e raras, e, por outro lado, a família bradava-lhe que uma coroa na cabeça valia mais que uma saudade no coração; que não fizesse a desgraça dos seus, quando o ilustre Bernardão lhes acenava com o principado; que os tronos não andavam a rodo, e mais isto, e mais aquilo. Estrelada, porém, resistia à sedução.

Não resistiu muito tempo, mas também não cedeu tudo. Como entre os seus candidatos preferia secretamente um poeta, declarou que estava pronta a casar, mas seria com quem lhe fizesse o melhor madrigal, em concurso. Bernardão aceitou a cláusula, louco de amor e confiado em si: tinha mais um olho que Homero, e fizera a unidade dos pés e das cabeças.

Concorreram ao certâmen, que foi anônimo e secreto, vinte pessoas. Um dos madrigais foi julgado superior aos outros todos: era justamente o do poeta amado. Bernardão anulou por um decreto o concurso, e mandou abrir outro; mas então, por uma inspiração de insigne maquiavelismo, ordenou que não se empregassem palavras que tivessem menos de trezentos anos de idade. Nenhum dos concorrentes estudara os clássicos: era o meio provável de os vencer.

Não venceu ainda assim, porque o poeta amado leu à pressa o que pôde, e o seu madrigal foi outra vez o melhor. Bernardão anulou esse segundo concurso; e, vendo que no madrigal vencedor as locuções antigas davam singular graça aos versos, decretou que só se empregassem as modernas e particularmente as da moda. Terceiro concurso, e terceira vitória do poeta amado.

Bernardão, furioso, abriu-se com os dous ministros, pedindo-lhes um remédio pronto e enérgico, porque, se não ganhasse a mão de Estrelada, mandaria cortar trezentos mil cabeças. Os dous, tendo consultado algum tempo, voltaram com este alvitre:

— Nós, Alfa e Ômega, estamos designados pelos nossos nomes para as cousas que respeitam à linguagem. A nossa idéia é que Vossa Sublimidade mande recolher todos os dicionários e nos encarregue de compor um vocabulário novo que lhe dará a vitória.

Bernardão assim fez, e os dous meteram-se em casa durante três meses, findos os quais depositaram nas augustas mãos a obra acabada, um livro a que chamaram Dicionário de Babel, porque era realmente a confusão das letras. Nenhuma locução se parecia com a do idioma falado; as consoantes trepavam nas consoantes, as vogais diluíam-se nas vogais, palavras de duas sílabas tinham agora sete e oito, e vice-versa, tudo trocado, misturado, nenhuma energia, nenhuma graça, uma língua de cacos e trapos.

— Obrigue Vossa Sublimidade esta língua por um decreto, e está tudo feito.

Bernardão concedeu um abraço e uma pensão a ambos, decretou o vocabulário, e declarou que ia fazer-se o concurso definitivo para obter a mão da bela Estrelada. A confusão passou do dicionário aos espíritos; toda a gente andava atônita. Os farsolas cumprimentavam-se na rua pelas novas locuções: diziam, por exemplo, em vez de: *Bom dia, como passou?* — *Pflerrgpxx, rouph, aa?* A própria dama, temendo que o poeta amado perdesse afinal a campanha, propôs-lhe que fugissem; ele, porém, respondeu que ia ver primeiro se podia fazer alguma cousa. Deram noventa dias para o novo concurso e recolheram-se vinte madrigais. O melhor deles, apesar da língua bárbara, foi o do poeta amado. Bernardão, alucinado, mandou cortar as mãos aos dous ministros, e foi a única vingança. Estrelada era tão admiravelmente bela, que ele não se atreveu a magoá-la, e cedeu.

Desgostoso, encerrou-se oito dias na biblioteca, lendo, passeando ou meditando. Parece que a última cousa que leu foi uma sátira do poeta Garção,[4] e especialmente estes versos, que pareciam feitos de encomenda:

> O raro Apeles,
> Rubens e Rafael, inimitáveis,
> Não se fizeram pela cor das tintas;
> A mistura elegante os fez eternos.

UM ERRADIO

— A porta abriu-se... Deixa-me contar a história à laia de novela, disse Tosta à mulher, um mês depois de casados, quando ela lhe perguntou quem era o homem representado numa velha fotografia, achada na secretária do marido. A porta abriu-se, e apareceu este homem, alto e sério, moreno, metido numa infinita sobrecasaca cor de rapé, que os rapazes chamavam opa.

— Aí vem a opa de Elisiário.

— Entre a opa só.

— Não, a opa não pode; entre só o Elisiário, mas, primeiro há de glosar um mote. Quem dá o mote?

Ninguém dava o mote. A casa era uma simples sala, sublocada por um alfaiate, que morava nos fundos com a família; Rua do Lavradio, 1866. Era a segunda vez que ia ali, a convite de um dos rapazes. Não podes ter idéia da sala e da vida. Imagina um município do país da Boêmia, tudo desordenado e confuso; além dos poucos móveis pobres, que eram do alfaiate, havia duas redes, uma canastra, um cabide, um baú de folha-de-flandres, livros, chapéus, sapatos. Moravam cinco rapazes, mas apareciam outros, e todos eram tudo, estudantes, tradutores, revisores, namoradores, e ainda lhes sobrava tempo para redigir uma folha política e literária, publicada aos sábados. Que longas palestras que tínhamos! Solapávamos as bases da sociedade, descobríamos mundos novos, constelações novas, liberdades novas. Tudo era novíssimo.

— Lá vai mote, disse afinal um dos rapazes, e recitou:

> Podia embrulhar o mundo
> A opa do Elisiário.

Parado à porta, o homem cerrou os olhos por alguns instantes, abriu-os, passou pela testa o lenço que trazia fechado na mão, em forma de bolo, e recitou uma glosa de improviso. Rimo-nos muito; eu, que não tinha idéia do que era improviso, cuidei a princípio que a composição era velha e a cena um logro para mim. Elisiário despiu a sobrecasaca, levantou-a na ponta da bengala, deu duas voltas pela sala, com ar triunfal, e foi pendurá-la a um prego, porque o cabide estava cheio. Em seguida, atirou o chapéu ao teto, apanhou-o entre as mãos, e foi pô-lo em cima do aparador.

— Lugar para um! disse finalmente.

Dei-me pressa em ceder-lhe o sofá; ele deitou-se, fincou os joelhos no ar, e perguntou que novidades havia.

— Que o jantar é duvidoso, respondeu o redator principal do *Cenáculo;* o Chico foi ver se cobrava alguma assinatura. Se arranjar dinheiro, traz logo o jantar da casa de pasto. Você já jantou?

— Já e bem, respondeu Elisiário, jantei numa casa de comércio. Mas vocês por que é que não vendem o Chico? é um bonito crioulo. É livre, não há dúvida, mas por isso mesmo compreenderá que, deixando-se vender como escravo, terão vocês com que pagar-lhe os ordenados... Dous mil-réis chegam? Romeu, vê ali no bolso da sobrecasaca. Há de haver uns dous mil-réis.

Havia só mil e quinhentos, mas não foram precisos. Cinco minutos depois voltava o Chico, trazendo um tabuleiro com o jantar e o resto da assinatura de um semestre.

— Não é possível! bradou Elisiário. Uma assinatura! Vem cá, Chico. Quem foi que pagou? Que figura tinha o homem? Baixo? Não é possível que fosse baixo; a ação é tão sublime que nenhum homem baixo podia praticá-la. Confessa que era alto. Confessa ao menos que era de meia altura. Confessas? Ainda bem! Como se chama? Guimarães? Rapazes, vamos perpetuar este nome em uma placa de bronze. Acredito que não lhe deste recibo, Chico.

— Dei, sim, senhor.

— Recibo! Mas a um assinante que paga não se dá recibo, para que ele pague outra vez; não se matam esperanças, Chico.

Tudo isto, dito por ele, tinha muito mais graça que contado. Não te posso pintar os gestos, os olhos e um riso que não ria, um riso único, sem alterar a face, nem mostrar os dentes. Essa feição era a menos simpática; mas tudo o mais, a fala, as idéias, e principalmente a imaginação fecunda e moça, que se desfazia em ditos, anedotas, epigramas, versos, descrições, ora sério, quase sublime, ora familiar, quase rasteiro, mas sempre original, tudo atraía e prendia. Trazia a barba por fazer, o cabelo à escovinha; a testa, que era alta, tinha grossas rugas verticais. Calado, parecia estar pensando. Voltava-se a miúdo no sofá, erguia-se, sentava-se, tornava a deitar-se. Lá o deixei, quando saí, às nove horas da noite.

Comecei a freqüentar a casa da Rua do Lavradio, mas durante os primeiros dias não apareceu o Elisiário. Disseram-me que era muito incerto. Tinha temporadas. Às vezes, ia todos os dias; repentinamente, falhava uma, duas, três semanas seguidas, e mais. Era professor de latim e explicador de matemáticas. Não era formado em cousa nenhuma, posto estudasse engenharia, medicina e direito, deixando em todas as faculdades fama de grande talento sem aplicação. Seria bom prosador, se fosse capaz de escrever vinte minutos seguidos; era poeta de improviso, não escrevia os versos, os outros é que os ouviam e trasladavam ao papel, dando-lhe cópias, muitas das quais perdia. Não tinha família; tinha um protetor, o Dr. Lousada, operador de algum nome, que devera obséquios ao pai de Elisiário, e quis pagá-los ao filho. Era atrevido por causa de uma sombrinha de amor-próprio, que não tolerava a menor picada. Naquela casa era bonachão. Trinta e cinco anos; o mais velho dos rapazes contava apenas vinte e um. A familiaridade entre ele e os outros era como a de um tio com sobrinhos, um pouco menos de autoridade, um pouco mais de liberdade.

No fim de uma semana, apareceu Elisiário na Rua do Lavradio. Vinha com a idéia de escrever um drama, e queria ditá-lo. Escolheram-me a mim, por escrever depressa. Esta colaboração mental e manual durou duas noites e meia. Escreveu-se um ato e as primeiras cenas de outro; Elisiário não quis absolutamente acabar a peça. A princípio disse que depois, mais tarde, estava indisposto, e falava de outras cousas;

afinal, declarou-nos que a peça não prestava para nada. Espanto geral, porque a obra parecia-nos excelente, e ainda agora creio que o era. Mas o autor pegou da palavra e demonstrou que nem o escrito prestava, nem o resto do plano valia cousa nenhuma. Falou como se tratasse de outrem. Nós contestávamos; eu principalmente achava um crime, e repetia esta palavra com alma, com fogo — achava um crime não acabar o drama, que era de primeira ordem.

— Não vale nada, dizia ele sorrindo para mim com simpatia. Menino, você quantos anos tem?

— Dezoito.

— Tudo é sublime aos dezoito anos. Cresça e apareça. O drama não presta; mas, deixe estar que havemos de escrever outro daqui a dias. Ando com uma idéia.

— Sim?

— Uma boa idéia, continuou ele com os olhos vagos; essa, sim, creio que dará um drama. Cinco atos; talvez faça em verso. O assunto presta-se...

Nunca mais falou em tal idéia; mas o drama começado fez com que nos ligássemos um pouco mais intimamente. Ou simpatia, ou amor-próprio satisfeito, por ver que o mais consternado com a interrupção e condenação do trabalho fui eu, — ou qualquer outra causa que não achei nem vale a pena buscar, Elisiário entrou a distinguir-me entre os outros. Quis saber quem eram meus pais e o que fazia. Disse-lhe que não tinha mãe; meu pai era lavrador em Baturité, eu estudava preparatórios, intercalando-os com versos, e andava com idéias de compor um poema, um drama e um romance. Tinha já uma lista de subscritores para os versos. Parece que, de envolta com as notícias literárias, alguma cousa lhe disse ou ele percebeu acerca dos meus sentimentos de moço. Propôs-se a ajudar-me nos estudos com o seu próprio ensino, latim, francês, inglês, história... Cheio de orgulho, não menos que de sensibilidade, proferi algumas palavras que ele gostou de ouvir, e a que respondeu gravemente:

— Quero fazer de você um homem.

Estávamos sós; eu nada contei aos outros, para os não molestar, nem sei se eles perceberam daí em diante alguma diferença no trato do Elisiário, em relação a mim. É certo, porém, que a diferença não era grande, nem o plano de "fazer-me um homem" foi além da simpatia e da benevolência. Ensinava-me algumas matérias, quando eu lhe pedia lições, e eu raramente as pedia. Queria só ouvi-lo, ouvi-lo, ouvi-lo até não acabar. Não imaginas a eloqüência desse homem, cálida e forte, mansa e doce, as imagens que lhe brotavam no discurso, as idéias arrojadas, as formas novas e graciosas. Muita vez ficávamos os dous sós na Rua do Lavradio, ele falando, eu ouvindo. Onde morava? Disseram-me vagamente que para os lados da Gamboa, mas nunca me convidou a lá ir, nem ninguém sabia positivamente onde era.

Na rua era lento, direito, circunspecto. Nada faria então suspeitar o desengonçado da casa do Lavradio, e, se falava, eram poucas e meias palavras. Nos primeiros dias, encontrava-me sem alvoroço, quase sem prazer, ouvia-me atento, respondia pouco, estendia os dedos e continuava a andar. Ia a toda parte; era comum achá-lo nos lugares mais distantes uns dos outros, Botafogo, S. Cristóvão, Andaraí. Quando lhe dava na veneta, metia-se na barca e ia a Niterói. Chamava-se a si mesmo erradio.

— Eu sou um erradio. No dia em que parar de vez, jurem que estou morto.

Um dia encontrei-o na Rua de S. José. Disse-lhe que ia ao Castelo ver a igreja dos Jesuítas, que nunca vira.

— Pois vamos, disse ele.

Subimos a ladeira, achamos a igreja aberta e entramos. Enquanto eu mirava os altares, ele ia falando, mas em poucos minutos o espetáculo era ele só, um espetáculo vivo, como se tudo renascera tal qual era. Vi os primeiros templos da cidade, os padres da Companhia, a vida monástica e leiga, os nomes principais e os fatos culminantes. Quando saímos, e fomos até à muralha, descobrindo o mar e parte da cidade, Elisiário fez-me viver dous séculos atrás. Vi a expedição dos franceses, como se a houvesse comandado ou combatido. Respirei o ar da colônia, contemplei as figuras velhas e mortas. A imaginação evocativa era a grande prenda desse homem, que sabia dar vida às cousas extintas e realidade às inventadas.

Mas não era só do passado local que ele sabia, nem unicamente dos seus sonhos. Vês aquela estatuazinha que ali

tenho na parede? Sabes que é uma redução da Vênus de Milo. Uma vez, abrindo-se a exposição das belas-artes, fui visitá-la; achei lá o meu Elisiário, passeando grave, com a sua imensa sobrecasaca. Acompanhou-me; ao passar pela sala de escultura, dei com os olhos na cópia desta Vênus. Era a primeira vez que a via. Soube que era ela pela falta dos braços.
— Oh! admirável! exclamei.

Elisiário entrou a comentar a bela obra anônima, com tal abundância e agudeza que me deixou ainda mais pasmado. Que de cousas me disse a propósito da Vênus de Milo, e da Vênus em si mesma! Falou da posição dos braços, que gesto fariam, que atitude dariam à figura, formulando uma porção de hipóteses graciosas e naturais. Falou da estética, dos grandes artistas, da vida grega, do mármore grego, da alma grega. Era um grego, um puro grego, que ali me aparecia e transportava de uma rua estreita para diante do Pártenon. A opa do Elisiário transformou-se em clâmide, a língua devia ser a da Hélade, conquanto eu nada soubesse a tal respeito, nem então, nem agora. Mas era feiticeiro o diabo do homem.

Saímos; fomos até o Campo da Aclamação,[5] que ainda não possuía o parque de hoje, nem tinha outra polícia além da natureza, que fazia brotar o capim, e das lavadeiras, que batiam e ensaboavam a roupa defronte do quartel. Eu ia cheio do discurso do Elisiário, ao lado dele, que levava a cabeça baixa e os olhos pensativos. De repente, ouvi dizer baixinho:
— Adeus, Ioiô!

Era uma quitandeira de doces, uma crioula baiana, segundo me pareceu pelos bordados e crivos da saia e da camisa. Vinha da Cidade Nova e atravessava o campo. Elisiário respondeu à saudação:
— Adeus, Zeferina.

Estacou e olhou para mim, rindo sem riso, e, depois de alguns segundos:
— Não se espante, menino. Há muitas espécies de Vênus. O que ninguém dirá é que a esta lhe faltem braços, continuou olhando para os braços da quitandeira, mais negros ainda pelo contraste da manga curta e alva da camisa. Eu, de vexado, não achei resposta.

Não contei esse episódio na Rua do Lavradio; podiam meter à bulha o Elisiário, e não queria parecer indiscreto. Tinha-lhe não sei que veneração particular, que a familiaridade não enfraquecia. Chegamos a jantar juntos algumas vezes, e uma noite fomos ao teatro. O que mais lhe custava no teatro era estar muito tempo na mesma cadeira, apertado entre duas pessoas, com gente adiante e atrás de si. Nas noites de enchente, em que eram precisas travessas na platéia, ficava aflito com a idéia de não poder sair no meio de um ato, se quisesse. Naquela, acabado o terceiro ato (a peça tinha cinco), disse-me que não podia mais e que ia embora.

Fomos tomar chá ao botequim próximo, e deixei-me estar, esquecido do espetáculo. Ficamos até o fechar das portas. Tínhamos falado de viagens; eu contei-lhe a vida do sertão cearense, ele ouviu e projetou mil jornadas ao sertão do Brasil inteiro, por serras, campos e rios, de mula e de canoa. Colheria tudo, plantas, lendas, cantigas, locuções. Narrou a vida do caipira, falou de Enéias, citou Virgílio e Camões, com grande espanto dos criados, que paravam boquiabertos.

— Você era capaz de ir daqui, a pé, até S. Cristóvão, agora? perguntou-me na rua.

— Pode ser.

— Não, você está cansado.

— Não estou, vamos.

— Está cansado, adeus; até depois, concluiu.

Realmente, estava fatigado, precisava dormir. Quando ia a voltar para casa, perguntei a mim mesmo se ele iria sozinho, àquela hora, e deu-me vontade de acompanhá-lo de longe, até certo ponto. Ainda o apanhei na Rua dos Ciganos.[6] Ia devagar, com a bengala debaixo do braço, e as mãos ora atrás, ora nas algibeiras das calças. Atravessou o Campo da Aclamação, enfiou pela Rua de S. Pedro[7] e meteu-se pelo Aterrado[8] acima. Eu, no Campo, quis voltar, mas a curiosidade fez-me ir andando também. Quem sabe se esse erradio não teria pouso certo de amores escondidos? Não gostei desta reflexão, e quis punir-me desandando; mas a curiosidade levara-me o sono e dava-me vigor às pernas. Fui andando atrás do Elisiário. Chegamos assim à ponte do Aterrado, enfiamos por ela, desembocamos na Rua de S. Cristóvão. Ele algumas vezes parava, ou para acender um charuto, ou para nada. Tudo deserto, uma ou outra patrulha, algum tílburi raro, a passo cochilado, tudo deserto e longo. Assim chegamos ao cais da Igrejinha. Junto ao cais dormiam os botes que, durante o dia, conduziam gente para o Saco do Alferes.[9] Maré frouxa, apenas o ressonar manso da água. Após alguns minutos, quando me pareceu que ia voltar pelo mesmo caminho, acordou os remadores de um bote, que de acaso ali dormiam, e propôs-lhes levá-lo à cidade. Não sei quanto ofereceu; vi que, depois de alguma relutância, aceitaram a proposta.

Elisiário entrou no bote, que se afastou logo, os remos feriram a água, e lá se perdeu na noite e no mar o meu professor de latim e explicador de matemáticas. Também eu me achei perdido, longe da cidade e exausto. Valeu-me um tílburi, que atravessava o Campo de S. Cristóvão, tão cansado como eu, mas piedoso e necessitado.

— Você não quis ir comigo anteontem a São Cristóvão? Não sabe o que perdeu; a noite estava linda, o passeio foi muito agradável. Chegando ao cais da Igrejinha, meti-me num bote e vim desembarcar no Saco do Alferes. Era um bom pedaço até a casa; fiquei numa hospedaria do Campo de Santa Ana. Fui atacado por um cachorro, no caminho do Saco, e por dous na Rua de S. Diogo,[10] mas não senti as pulgas da hospedaria, porque dormi como um justo. E você que fez?

— Eu?

Não querendo mentir, se ele me tivesse pressentido, nem confessar que o acompanhara de longe, respondi sumariamente:

— Eu? Eu também dormi como um justo.

— *Justus, justa, justum.*

Estávamos na casa da Rua do Lavradio. Elisiário trazia no peito da camisa um botão de coral, objeto de grande espanto e aclamação da parte dos rapazes, que nunca jamais o viram com jóias. Maior, porém, foi o meu espanto, depois que os rapazes saíram. Tendo ouvido que me faltava dinheiro para comprar sapatos, Elisiário sacou o botão de coral e disse que me fosse calçar com ele. Recusei energicamente, mas tive de aceitá-lo à força. Não o vendi nem empenhei; no dia seguinte pedi algum dinheiro adiantado ao correspondente de meu pai, calcei-me de novo, e esperei que chegasse o paquete do Norte, para restituir o botão ao Elisiário. Se visses a cara de desconsolo com que o recebeu!

— Mas o senhor não disse outro dia que lhe tinham dado este botão de presente? repliquei à proposta que me fez de ficar com a jóia.

— Sim, disse e é verdade; mas para que me servem jóias? Acho que ficam melhor nos outros. Bem pensado, como é presente, posso guardar o botão. Deveras, não o quer para si?

— Não, senhor; um presente...

— Presente de anos, continuou mirando a pedra com o olhar vago. Fiz trinta e cinco. Estou velho, meu menino; não tardo em pedir reforma e ir morrer em algum buraco.

Tinha acabado de repor o botão na camisa.

— Fez anos, e não me disse.

— Para quê? Para visitar-me? Não recebo nesse dia; de costume janto com o meu velho amigo Dr. Lousada, que também faz o seu versinho, às vezes, e outro dia brindou-me com um soneto impresso em papel azul... Lá o tenho em casa; não é mau.

— Foi ele que lhe deu o botão...

— Não, foi a filha... O soneto tem um verso muito parecido com outro de Camões; o meu velho Lousada possui as suas letras clássicas, além de ser excelente médico... Mas o melhor dele é a alma...

Quiseram fazê-lo deputado. Ouvi que dois amigos dele, homens políticos, entenderam que o Elisiário daria um bom orador parlamentar. Não se opôs, pediu apenas aos inventores do projeto que lhe emprestassem algumas idéias políticas; riram-se, e o projeto não foi adiante.

Quero crer que lhe não faltassem idéias, talvez as tivesse de sobra, mas tão contrárias umas às outras que não chegariam a formar uma opinião. Pensava segundo a disposição do dia, liberal exaltado ou conservador corcunda. O principal motivo da recusa era a impossibilidade de obedecer a um partido, a um chefe, a um regimento de câmara. Se houvesse liberdade de alterar as horas da sessão, uma de manhã, outra de noite, outra de madrugada, ao acaso da freqüência, sem ordem do dia, com direito de discutir o anel de Saturno ou os sonetos de Petrarca, o meu erradio Elisiário aceitaria o cargo, contanto que não fosse obrigado a estar calado, nem a falar, quando lhe chegasse a vez.

Aí tens o que era esse homem fotografado em 1862. Em suma, boa criatura, muito talento, excelente conversador, alma inquieta e doce, desconfiada e irritadiça, sem futuro nem passado, sem saudades nem ambições, um erradio. Senão quando... Mas é muito falar sem fumar um charuto... Consentes? Enquanto acendo o charuto, olha para esse retrato, descontando-lhe os olhos, que não saíram bem; parecem olhos de gato e inquisidor, espetados na gente, como querendo furar a consciência. Não eram isso; olhavam mais para dentro que para fora, e quando olhavam para fora derramavam-se por toda a parte.

Senão quando, uma tarde, já escuro, por volta das sete horas, apareceu-me na casa de pensão, o meu amigo Elisiário. Havia três semanas que o não via, e, como tratava de fazer exames, e passava mais tempo metido em casa, não me admirei da ausência nem cuidei dela. Demais, já me acostumara aos seus eclipses. O quarto estava escuro, eu ia sair e acabava de apagar a vela, quando a figura alta e magra do Elisiário apareceu à porta. Entrou, foi direito a uma cadeira, sentei-me ao pé dele, perguntei-lhe por onde andara. Elisiário abraçou-me chorando. Fiquei tão assombrado que não pude dizer nada; abracei-o também, ele enxugou os olhos com o lenço, que de costume trazia fechado na mão, e suspirou largo. Creio que ainda chorou silenciosamente, porque enxugava os olhos de quando em quando. Eu, cada vez mais assombrado, esperava que ele me dissesse o que tinha; afinal murmurei:

— Que é? que foi?
— Tosta, casei-me sábado...

Cada vez mais espantado, não tive tempo de lhe pedir outra explicação, porque o Elisiário continuou logo, dizendo que era um casamento de gratidão, não de amor, uma desgraça. Não sabia que respondesse à confidência, não acabava de crer na notícia, e principalmente, não entendia o abatimento nem a dor do homem. A figura do Elisiário, qual a recompus depois, não me aparecia por esse tempo com a significação verdadeira. Cheguei a supor alguma cousa mais que o simples casamento; talvez a mulher fosse idiota ou tísica; mas quem o obrigaria a desposar uma doente?

— Uma desgraça! repetia baixinho, falando para si, uma desgraça!

Como eu me levantasse dizendo que ia acender uma vela, Elisiário reteve-me pela aba do fraque.

— Não acenda, não me vexe, o escuro é melhor, para lhe expor esta minha desgraça. Ouça-me. Uma desgraça. Casado! Não é que ela me não ame; ao contrário, morria por mim há sete anos. Tem vinte e cinco... Boa criatura! Uma desgraça!

A palavra *desgraça* era a que mais vezes lhe tornava ao discurso. Eu, para saber o resto, quase não respirava; mas não ouvi grande cousa, pois o homem, depois de algumas palavras descosidas, suspendeu a conferência. Fiquei sabendo só que a mulher era filha do Dr. Lousada, seu protetor e amigo, a mesma que lhe dera o botão de coral. Elisiário calou-se de repente, e depois de alguns instantes, como arrependido ou vexado, pediu-me que não referisse a pessoa alguma aquela cena dele comigo.

— O senhor deve conhecer-me...

— Conheço, e porque o conheço é que vim aqui. Não sei que outra pessoa me merecesse agora igual confiança. Adeus, não lhe digo mais nada, não vale a pena. Você é moço, Tosta; se não tiver vocação para o casamento, não se case nunca, nem por gratidão, nem por interesse. Há de ser um suplício. Adeus. Não lhe digo onde moro, moro com meu sogro, mas não me procure.

Abraçou-me e saiu. Fiquei à porta do quatro. Quando me lembrei de acompanhá-lo até à escada, era tarde; ia descendo os últimos degraus. O lampião de azeite alumiava mal a escada, e a figura descia vagarosa, apoiada ao corrimão, cabeça baixa e a vasta sobrecasaca alegre, agora triste.

Só dez meses depois tornei a ver o Elisiário. A primeira ausência foi minha; tinha ido ao Ceará, ver meu pai, durante as férias. Quando voltei, soube que ele fora ao Rio Grande do Sul. Um dia, almoçando, li nos jornais que chegara na véspera, e corri a buscá-lo. Achei-o em Santa Teresa, uma casinha pequena, com um jardim, pouco maior que ela. Elisiário abraçou-me com alvoroço; falamos de cousas passadas; perguntei-lhe pelos versos.

— Publiquei um volume em Porto Alegre. Não foi por minha vontade, mas minha mulher teimou tanto que afinal cedi; ela mesma os copiou. Tem alguns erros; hei de fazer aqui uma segunda edição.

Elisiário deu-me um exemplar do livro, mas não consentiu que lesse ali nada. Queria só falar dos tempos idos. Perdera o sogro, que lhe deixara alguma cousa, e ia continuar a lecionar, para ver se achava as impressões de outrora. Onde estavam os rapazes da Rua do Lavradio? Recordava cenas antigas, noitadas, algazarra, grandes risotas, que me iam lembrando cousas análogas, e assim gastamos duas boas horas compridas. Quando me despedi, pegou-me para jantar.

— Você ainda não viu minha mulher, disse ele. E indo à porta que dava para dentro: — Cintinha!

— Lá vou! respondeu uma voz doce.

D. Jacinta chegou logo depois, com os seus vinte e seis anos, mais baixa que alta, mais feia que bonita, expressão boa e séria, grande quietação de maneiras. Quando ele lhe disse o meu nome, olhou para mim espantada.

— Não é um bonito rapaz?

Ela confirmou a opinião inclinando modestamente a cabeça. Elisiário disse-lhe que eu jantava com eles; a moça retirou-se da sala.

— Boa criatura, disse-me ele; dedicada, serviçal. Parece que me adora. Já me não faltam botões nos paletós que trago... Pena! melhor que eles eram os botões que faltavam. A sobrecasaca de outrora, lembra-se?

> Podia embrulhar o mundo
> A opa do Elisiário.

— Lembra-me.

— Creio que me durou cinco anos. Onde vai ela! Hei de fazer-lhe um epicédio, com uma epígrafe de Horácio...

Jantámos alegremente. D. Jacinta falou pouco; deixou que eu e o marido gastássemos o tempo em relembrar o passado.

Naturalmente, o marido tinha surtos de eloqüência, como outrora; a mulher era pouca para ouvi-lo. Elisiário esquecia-se de nós, ela de si, e eu achava a mesma nota antiga, tão viva e tão forte. Era costume dele concluir um discurso desses e ficar algum tempo calado. Resumia dentro de si o que acabava de dizer? Continuava a mesma ordem de idéias? Deixava-se ir ainda pela música da palavra? Não sei; achei-lhe o velho costume de ficar calado sem dar pelos outros. Nessas ocasiões a mulher calava-se também, a olhar para ele, não cheia de pensamento, mas de admiração. Sucedeu isso duas vezes. Em ambas chegou a ser bonita.

Elisiário disse-me, ao café, que viria comigo abaixo.

— Você deixa, Cintinha?

D. Jacinta sorriu para mim, como se dissesse que o pedido era desnecessário. Também ela falou no livro de versos do marido.

— Elisiário é preguiçoso; o senhor há de ajudar-me a fazer com que ele trabalhe.

Meia hora depois descíamos a ladeira. Elisiário confessou-me que, desde que casara, não tivera ocasião de relembrar a vida de solteiro, e ao chegarmos abaixo declarou-me que iríamos ao teatro.

— Mas você não avisou em casa.

— Que tem? Aviso depois. Cintinha é boa, não se zanga por isso. Que teatro há de ser?

Não foi nenhum; falamos de outras cousas, e às nove horas, tornou para casa. Voltei a Santa Teresa poucos dias depois, não o achei, mas a mulher disse-me que o esperasse, não tardaria.

— Foi a uma visita aqui mesmo no morro, disse ela; há de gostar muito de o ver.

Enquanto falava, ia fechando dissimuladamente um livro, e foi pô-lo em uma mesa, a um canto. Tratámos do marido; ela pediu-me que lhe dissesse o que pensava dele, se era um grande espírito, um grande poeta, um grande orador, um grande homem, em suma. As palavras não seriam propriamente essas, mas vinham a dar nelas. Eu, que o admirava, confirmei-lhe o sentimento, e o gosto com que me ouviu foi paga bastante ao tal ou qual esforço que empreguei para dar à minha opinião a mesma ênfasis.

— Faz bem em ser amigo dele, concluiu; ele sempre me falou bem do senhor; dizia que era um menino muito sério.

O gabinete tinha flores frescas e uma gaiola com passarinho. Tudo em ordem, cada cousa em seu lugar, obra visível da mulher. Daí a pouco entrou Elisiário, com a gravata no pescoço, o laço na frente, a barba rapada, correto e em flor. Só então notei a diferença entre este Elisiário e o outro. A incoerência dos gestos era já menor, ou estava prestes a acabar inteiramente. A inquietação desaparecera. Logo que ele entrou, a mulher deixou-nos para ir mandar fazer café, e voltou pouco depois, com um trabalho de agulha.

— Não, senhora, vamos primeiro ao latim, bradou o marido.

D. Jacinta corou extraordinariamente, mas obedeceu ao marido e foi buscar o livro, que estava lendo quando eu cheguei.

— Tosta é de confiança, continuou Elisiário, não vai dizer nada a ninguém.

E voltando-se para mim:

— Não pense que sou eu que lhe imponho isto; ela mesma é que quis aprender.

Não crendo o que ele me dizia, quis poupar à moça a lição de latim, mas foi ela própria que me dispensou o auxílio, indo buscar alegremente a gramática do padre Pereira. Vencida a vergonha, deu a lição, como um simples aluno. Ouvia com atenção, articulava com prazer, e mostrava aprender com vontade. Acabado o latim, o marido quis passar à lição de história; mas foi ela, dessa vez, que recusou obedecer, para me não roubá-lo a mim. Eu, pasmado, desfiz-me em louvores; realmente achava tão fora de propósito aquela escola de latim conjugal, que não alcançava explicação, nem ousava pedi-la.

Amiudei as visitas. Jantava com eles algumas vezes. Ao domingo ia só almoçar. D. Jacinta era um primor. Não imaginas a graça que tinha em falar e andar, tudo sem perder a compostura dos modos nem a gravidade dos pensamentos. Sabia muitos trabalhos de mãos, apesar do latim e da história que o marido lhe ensinava. Vestia com simplicidade, usava os cabelos lisos e não trazia jóia alguma; podia ser afetação, mas tal era a sinceridade que punha em tudo, que parecia natural nisso como no resto.

Ao domingo, o almoço era no jardim. Já achava ao Elisiário à minha espera, à porta, ansioso que eu chegasse. A mulher estava acabando de arranjar as flores e folhagens que tinham de adornar a mesa. Além disso e do mais, adornava cartões contendo a lista dos pratos, com emblemas poéticos e nomes de musas para as comidas. Nem todas as musas podiam entrar, eles não eram ricos, nem nós tão comilões; entravam as que podiam. Era ao almoço que Elisiário, nos primeiros tempos, mais geralmente improvisava alguma cousa. Improvisava décimas, — ele preferia essa estrofe a qualquer outra; mais tarde, foi diminuindo o número delas, e para diante não passava de duas ou de uma. D. Jacinta pedia-lhe então sonetos; sempre eram quatorze versos. Ela e eu copiávamos logo, a lápis, com retificações que ele fazia, rindo: — "Para que querem vocês isso?" Afinal perdeu o costume, com grande mágoa da mulher, e minha também. Os versos eram bons, a inspiração fácil; faltava-lhes só o calor antigo.

Um dia perguntei a Elisiário por que não reimprimia o livro de versos, que ele dizia ter saído com incorreções; eu ajudaria a ler as provas. D. Jacinta apoiou com entusiasmo a proposta.

— Pois, sim, disse ele, um dia destes; começaremos domingo.

No domingo, D. Jacinta, estando a sós comigo, um instante, pediu-me que não esquecesse a revisão do livro.

— Não, senhora, deixe estar.

— Não enfraqueça, se ele quiser adiar o trabalho, continuou a moça; é provável que ele fale em guardar para outra vez, mas teime sempre, diga que não, que se zanga, que não volta cá...

Apertou-me a mão com tanta força, que me deixou abalado. Os dedos tremiam-lhe; parecia um aperto de namorada. Cumpri o que disse, ela ajudou-me, e ainda assim gastamos meia hora antes que ele se dispusesse ao trabalho. Afinal pediu-nos que esperássemos, ia buscar o livro.

— Desta vez, vencemos, disse eu.
D. Jacinta fez com a boca um gesto de desconfiança, e passou da alegria ao abatimento.
— Elisiário está preguiçoso. Há de ver que não acabamos nada. Pois não vê que não faz versos senão à força de muito pedido, e poucos? Podia escrever também, quando mais não fosse alguns daqueles discursos que costuma improvisar, mas os próprios discursos são raros e curtos. Tenho-me oferecido tantas vezes para escrever o que ele mandar. Chego a preparar o papel, pego na pena e espero, ele ri, disfarça, diz um gracejo, e responde que não está disposto.
— Nem sempre estará.
— Pois sim; mas então declaro que estou pronta para quando vier a inspiração, e peço-lhe que me chame. Não chama nunca. Uma ou outra vez tem planos; eu vou animando, mas os planos ficam no mesmo. Entretanto, o livro que ele imprimiu em Porto Alegre foi bem recebido, podia animá-lo.
— Animá-lo? Mas ele não precisa de animações; basta-lhe o grande talento que tem.
— Não é verdade? disse ela chegando-se a mim, com os olhos cheios de fogo. Mas é pena! tanto talento perdido!
— Nós o acharemos; hei de tratá-lo como se ele fosse mais moço que eu. O mau foi deixá-lo cair na ociosidade...
Elisiário tornou com um exemplar do livro. Não trazia tinta nem pena; ela foi buscá-las. Começamos o trabalho da revisão; o plano era emendar, não só os erros de imprensa, mas o próprio texto. A novidade do caso interessou grandemente o nosso poeta, durante perto de duas horas. Verdade é que a maior parte do tempo era interrompido com a história das poesias, a notícia das pessoas, se as havia, e havia muitas; uma boa porção das composições era dedicada a amigos ou homens públicos. Naturalmente fizemos pouco: não passamos de vinte páginas. Elisiário confessou que estava com sono, adiamos o trabalho, e nunca mais pegamos nele.
D. Jacinta chegou a pedir ao marido que nos deixasse a nós a tarefa de emendar o livro; ele veria depois o texto emendado e pronto. Elisiário respondeu que não, que ele mesmo faria tudo, que esperássemos, não havia pressa. Mas, como disse, nunca mais pegamos no livro. Já raro improvisava, e,

como não tinha paciência para compor escrevendo, os versos iam escasseando mais. Já lhe caíam frouxos; o poeta repetia-se. Quisemos ainda assim propor-lhe outro livro, recolhendo o que havia, e antes de o propor, tratamos de compilá-lo. O todo precisava de revisão; Elisiário consentiu em fazê-la, mas a tentativa teve o mesmo resultado que a outra. Os próprios discursos iam acabando. O gosto da palavra morria. Falava como todos nós falamos; não era já nem sombra daquela catadupa de idéias, de imagens, de frases, que mostravam no orador um poeta. Para o fim, nem falava; já me recebia sem entusiasmo, ainda que cordialmente. Afinal vivia aborrecido.

Com poucos anos de casada, D. Jacinta tinha no marido um homem de ordem, de sossego, mas sem inspiração nem calor. Ela própria foi mudando também. Não instava já pela composição de versos novos, nem pela correção dos velhos. Ficou tão desinteressada como ele. Os jantares e os almoços eram como os de qualquer pessoa que não cuide de letras. D. Jacinta buscava não tocar em tal assunto que era penoso ao marido e a ela; eu imitava-os. Quando me formei, Elisiário compôs um soneto em honra minha; mas já lhe custou muito, e, a falar verdade, não era do mesmo homem de outro tempo.

D. Jacinta vivia então, não direi triste, mas desencantada. A razão não se compreenderá bem, senão sabendo as origens da afeição que a levara ao casamento.

Pelo que pude colher e observar, nunca essa moça amou verdadeiramente o homem com quem casou. Elisiário acreditou que sim, e o disse, porque o pai dela pensava que era deveras um amor como os outros. A verdade, porém, é que o sentimento de D. Jacinta era pura admiração. Tinha uma paixão intelectual por esse homem, nada mais, e nos primeiros anos não pensou em casar com ele. Quando Elisiário ia à casa do Dr. Lousada, D. Jacinta vivia as melhores horas da vida, escutando-lhe os versos, novos ou velhos, — os que trazia de cor e os que improvisava ali mesmo. Possuía boa cópia deles. Mas, ainda que não fossem versos, contentava-se em ouvi-lo para admirá-lo. Elisiário, que a conhecia desde pequena, falava-lhe como a uma irmã mais moça. Depois viu que era inteligente, mais do que o comum das mulheres, e

45

que havia nela um sentimento de poesia e de arte que a faziam superior. O apreço em que a tinha era grande, mas não passava disso.

Assim se passaram anos. D. Jacinta começou a pensar em um ato de pura dedicação. Conhecia a vida de Elisiário, os dias perdidos, as noitadas, a incoerência e o desarranjo de uma existência que ameaçava acabar na inutilidade. Nenhum estímulo, nenhuma ambição de futuro. D. Jacinta acreditava no gênio de Elisiário. Muitos eram os admiradores; nenhum tinha a fé viva, a devoção calada e profunda daquela moça. O projeto era desposá-lo. Uma vez casados, ela lhe daria a ambição que não tinha, o estímulo, o hábito do trabalho regular, metódico, e naturalmente abundante. Em vez de perder o tempo e a inspiração em cousas fúteis ou conversas ociosas, comporia obras de fôlego, nas boas horas, e para ele quase todas as horas eram excelentes. O grande poeta afirmar-se-ia perante o mundo. Assim disposta, não lhe foi difícil obter a colaboração do pai, sem todavia confessar-lhe o motivo secreto da ação; seria dizer que se casava sem amor. O que ela disse foi que o amava deveras.

Que haja nisso uma nota romanesca, é verdade; mas o romanesco era aqui obra de piedade, vinha de um sentimento de admiração, e podia ser um sacrifício. Talvez mais de um tentasse casar com ela. D. Jacinta não pensou em ninguém, até que lhe surdiu a idéia generosa de seduzir o poeta. Já sabes que este casou por obediência.

O resultado foi inteiramente oposto às esperanças da moça. O poeta, em vez dos louros, enfiou uma carapuça na cabeça, e mandou bugiar a poesia. Acabou em nada. Para o fim dos tempos nem lia já obras de arte. D. Jacinta padeceu grandemente; viu esvair-se-lhe o sonho, e, se não perdeu, antes ganhou o latim, perdeu aquela língua sublime em que cuidou falar às ambições de um grande espírito. A conclusão a que chegou foi ainda um desconsolo para si. Concluiu que o casamento esterilizara uma inspiração que só tinha ambiente na liberdade do celibato. Sentiu remorsos. Assim, além de não achar as doçuras do casamento na união com Elisiário, perdeu a única vantagem a que se propusera no sacrifício.

Errava naturalmente. Para mim Elisiário era o mesmo erradio, ainda que parecesse agora pousado; mas era também um talento de pouca dura; tinha de acabar, ainda que não casasse. Não foi a ordem que lhe tirou a inspiração. Certamente, a desordem ia mais com ele que tanto tinha de agitado, como de solitário; mas a quietação e o método não dariam cabo do poeta, se a poesia nele não fosse uma grande febre da mocidade... Em mim é que não passou de ligeira constipação da adolescência. Pede-me tu amor, que o terás; não me peças versos, que desaprendi há muito, concluiu Tosta, beijando a mulher.

ETERNO!

— Não me expliques nada, disse eu entrando no quarto; é o negócio da baronesa.

Norberto enxugou os olhos e sentou-se na cama, com as pernas pendentes. Eu, cavalgando uma cadeira, pousei a barba no dorso, e proferi este breve discurso:

— Mas, meu pateta, quantas vezes queres que te diga que acabes com essa paixão ridícula e humilhante? Sim, senhor, humilhante e ridícula, porque ela não faz caso de ti; e demais, é arriscado. Não? Verás se o é, quando o barão desconfiar que lhe arrastas a asa à mulher. Olha que ele tem cara de maus bofes.

Norberto meteu as unhas na cabeça, desesperado. Tinha-me escrito cedo, pedindo que fosse confortá-lo e dar-lhe algum conselho; esperara-me na rua, até perto de uma hora da noite, defronte da casa de pensão em que eu morava; contava-me na carta que não dormira, que recebera um golpe terrível, falava em atirar-se ao mar. Eu, apesar de outro golpe que também recebera, acudi ao meu pobre Norberto. Éramos da mesma idade, estudávamos medicina, com a diferença que eu repetia o terceiro ano, que perdera, por vadio. Norberto vivia com os pais; não me cabendo igual fortuna, por havê-los perdido, vivia de uma mesada que me dava um tio da Bahia, e das dívidas que o bom velho pagava semestralmente. Pagava-as, e escrevia-me logo uma porção de cousas amargas, concluindo sempre que, pelo menos, fosse estudando até ser doutor. Doutor, para quê? dizia comigo. Pois se nem o sol, nem a lua, nem as moças, nem os bons charutos Vilegas eram doutores, que necessidade tinha eu de o ser? E toca a rir, a folgar, a deixar correr semanas e credores.

Falei de um golpe recebido. Era uma carta do tio, vinda com a do Norberto, naquela mesma manhã. Abri-a antes da outra, e li-a com pasmo. Já me não tuteava; dizia cerimoniosamente: "Sr. Simeão Antônio de Barros, estou farto de gastar à toa o meu dinheiro com o senhor. Se quiser concluir os estudos, venha matricular-se aqui, e morar comigo. Senão, procure por si mesmo recursos; não lhe dou mais nada." Amarrotei o papel, finquei os olhos numa litografia muito ruim do visconde de Sepetiba, que já achei pendente de um prego, no meu quarto de pensão, e disse-lhe os nomes mais feios, de maluco para baixo. Bradei que podia guardar o seu dinheiro, que eu tinha vinte anos, — o primeiro dos direitos do homem, anterior aos tios e outras convenções sociais.

A imaginação, madre amiga, apontou-me logo uma infinidade de recursos, que bastavam a dispensar os magros cobres de um velho avarento; mas, passada essa primeira impressão, e relida a carta, entrei a ver que a solução era mais árdua do que parecia. Os recursos podiam ser bons e até certos; mas eu estava tão afeito a ir à Rua da Quitanda receber a pensão mensal e a gastá-la em dobro, que mal podia adotar outro sistema.

Foi neste ponto que abri a carta do amigo Norberto e corri à casa dele. Já sabem o que lhe disse; viram que ele meteu as unhas na cabeça, desesperado. Saibam agora que, depois do gesto, disse com olhar sombrio que esperava de mim outros conselhos.

— Quais?

Não me respondeu.

— Que compres uma pistola ou uma gazua? algum narcótico?

— Para que estás coçoando comigo?

— Para fazer-te homem.

Norberto deu de ombros, com um laivozinho de escárnio ao canto da boca. Que homem? Que era ser homem, senão amar a mais divina criatura do mundo e morrer por ela?

A baronesa de Magalhães, causa daquela demência, viera pouco antes da Bahia, com o marido, que antes do baronato, adquirido para satisfazer a noiva, era Antônio José Soares de Magalhães. Vinham casados de fresco; a baronesa tinha menos trinta anos que o barão; ia em vinte e quatro. Realmente era bela. Chamavam-lhe, em família, Iaiá Lindinha. Como o barão era velho amigo do pai de Norberto, as duas famílias uniram-se desde logo.

— Morrer por ela? disse eu.

Jurou-me que sim; era capaz de matar-se. Mulher misteriosa! A voz dela entrava-lhe pelos ossos... E, dizendo isto, rolava na cama, batia com a cabeça, mordia os travesseiros. Às vezes, parava, arquejando; logo depois tornava às mesmas convulsões, abafando os soluços e os gritos, para que os não ouvissem do primeiro andar.

Já acostumado às lágrimas do meu amigo, desde a vinda da baronesa, esperei que elas acabassem, mas não acabavam. Descavalguei a cadeira, fui a ele, bradei-lhe que era uma criançada, e despedi-me; Norberto pegou-me na mão, para que ficasse, não me tinha dito ainda o principal.

— É verdade; que é?

— Vão-se embora. Estivemos lá ontem, e ouvi que embarcam sábado.

— Para a Bahia?

— Sim.

— Então, vão comigo.

Contei-lhe o caso da carta, e as ordens de meu tio para ir matricular-me na Bahia, e estudar ao pé dele. Norberto escutou-me alvoroçado. Na Bahia? Iríamos juntos; éramos íntimos, os pais não recusariam este favor à nossa jovem amizade. Confesso que o plano pareceu-me excelente, e demo-nos a ele com afinco. A mãe, apesar de muita lágrima que teria de verter ao despegar-se do filho, cedeu mais prontamente do que supúnhamos. O pai é que não cedeu nada. Não houve rogos nem empenhos; o próprio barão, que eu tive a arte de trazer ao nosso propósito, não alcançou do velho amigo que deixasse ir o filho, nem ainda com a promessa de o aposentar em casa e velar por ele. O pai foi inflexível.

Podem imaginar o desespero do meu amigo. Na noite de sexta-feira esteve em casa dela, com a família, até onze horas; mas, com o pretexto de passar comigo a última noite da minha estada aqui, veio realmente chorar tantas e tais lágrimas, como nunca as vi chorar jamais, nem antes nem depois. Não podia descrer da paixão, nem presumir consolá-la; era a primeira. Até então, ambos nós só conhecíamos os trocos miúdos do amor; e, por desgraça dele, a primeira moeda grande que achara, não era ouro nem prata, senão ferro, duro ferro, como a do velho Licurgo, forjada com o mesmo amargo vinagre.

Não dormimos. Norberto chorava, arrepelava-se, pedia a morte, construía planos absurdos ou terríveis. Eu, arranjando as malas, ia-lhe dizendo alguma cousa que o consolasse; era pior, era como se falasse de dança a uma perna dolorida. Consegui que fumasse um cigarro, depois outro, e afinal fumou-os às dúzias, sem acabar nenhum. Às três horas tratava do modo de fugir ao Rio de Janeiro, — não logo, mas daí a dias, no primeiro vapor. Tirei-lhe essa idéia da cabeça unicamente no interesse dele próprio.

— Ainda se fosse útil, vá, disse-lhe eu; mas ir sem certeza de nada, ir dar com o nariz na porta, porque a mulher, se não gosta de ti, e te vê lá, é capaz de perceber logo o motivo da tua viagem, e não te recebe.

— Que sabes tu?

— Pode receber-te, mas não há certeza, acho eu. Crês que ela goste de ti?

— Não digo que sim, nem que não.

Contou-me episódios, gestos, ditos, cousas ambíguas ou insignificantes; depois vinha uma reticência de lágrimas, murros no peito, clamor de angústia, a dor ia-se-me comunicando; padecia com ele, a razão cedia à compaixão, as nossas naturezas fundiam-se em uma só lástima. Daí esta promessa que lhe fiz.

— Tenho uma idéia. Vou com eles, já nos conhecemos, é provável que freqüente a casa; eu então farei uma cousa: sondo-a a teu respeito. Se vir que nem pensa em ti, escrevo-te francamente que penses em outra cousa; mas se achar alguma inclinação, pouca que seja, aviso-te, e, ou por bem ou por mal, embarca.

Norberto aceitou alvoroçado a proposta: era uma esperança. Fez-me jurar que cumpriria tudo, que a observaria bem, sem temor, e, pela sua parte, jurou-me que não hesitaria um instante. E teimava comigo que não perdesse nada; que, às vezes, um indício pequeno valia muito, uma palavrinha era um livro; que, se pudesse, aludisse ao desespero em que o deixava. Para peitar a minha sagacidade, afirmou que o desengano matá-lo-ia, porque esse amor, eterno como era, iria fartar-se na morte e na eternidade. Não achei boca para replicar-lhe que isto era o mesmo que obrigar-me a só mandar boas notícias. Naquela ocasião, apenas sabia chorar com ele.

A aurora registrou o nosso pacto imoral. Não consenti que ele fosse a bordo despedir-se. Parti. Não falemos da viagem... Ó mares de Homero, flagelados por Euros, Bóreas e o violento Zéfiro, mares épicos, podeis sacudir Ulisses, mas não lhe dais as aflições do enjôo. Isso é bom para os mares de agora, e particularmente para aqueles que me levaram daqui à Bahia. Só depois de chegar ante a cidade, ousei aparecer à nossa dona magnífica, tão senhora de si, como se acabasse de dar um passeio apenas longo.

— Não tem saudades do Rio de Janeiro? disse-lhe eu logo, de intróito.

— Certamente.

O barão veio indicar-me os lugares que a gente via do paquete, — ou a direção de outros. Ofereceu-me a casa dele, no Bonfim. Meu tio veio a bordo, e, por mais que quisesse fazer-se tétrico, senti-lhe o coração amigo. Via-me, único filho da irmã finada, — e via-me obediente. Não podia haver para mim melhores impressões de entrada. Divina juventude! as cousas novas pagavam-me em dobro as cousas velhas.

Dei os primeiros dias ao conhecimento da cidade; mas não tardou que uma carta do meu amigo Norberto me chamasse a atenção para ele. Fui ao Bonfim. A baronesa — ou Iaiá Lindinha, que era ainda o nome dado por toda a gente, — recebeu-me com tanta graça, e o marido era tão hospedeiro e bom, que me envergonhei da particular comissão que trazia. Mas durou pouco a vergonha, vi o desespero do meu amigo, e a necessidade de consolá-lo ou desenganá-lo era superior a qualquer outra consideração. Confesso até uma singularidade: agora que estavam separados entrou-me na alma

a esperança de que ela não desgostasse dele, — justamente o que eu negava antes. Talvez fosse o desejo de o ver feliz; podia ser uma instigação da vaidade que me acenasse com a vitória em favor do desgraçado.
  Naturalmente, conversámos do Rio de Janeiro. Eu dizia-lhe as minhas saudades, falava das cousas que estava acostumado a ver, das ruas que faziam parte da minha pessoa, das caras de todos os dias, das casas, das afeições... Oh!, as afeições eram os laços mais apertados. Tinha amigos: os pais de Norberto..
  — Dous santos, interrompeu a moça; meu marido, que conhece o velho desde muitos anos, conta dele cousas curiosas. Sabe que casou por uma paixão fortíssima?
  — Adivinha-se. O filho é o fruto expressivo do amor dos dous. Conheceu bem o meu pobre Norberto?
  — Conheci; ia lá à casa muitas vezes.
  — Não conheceu.
  Iaiá Lindinha franziu levemente a testa.
  — Perdoe-me se a desminto, continuei com vivacidade. Não conheceu a melhor alma, a mais pura e a mais ardente que Deus criou. Talvez que ache parcial por ser amigo. A verdade é que ninguém me prende mais ao Rio de Janeiro. Coitado do meu Norberto! Não imagina que homem talhado para dous ofícios ao mesmo tempo, arcanjo e herói, — para dizer à terra as delícias do céu, e para escalar o céu, se for preciso ir lá levar as lamentações humanas...
  Só no fim desta fala compreendi que era ridícula. Iaiá Lindinha, ou não a entendeu assim, ou disfarçou a opinião; disse-me somente que a minha amizade era entusiasta, mas que o meu amigo parecia boa pessoa. Não era alegre, ou tinha crises melancólicas. Disseram-lhe que ele estudava muito...
  — Muito.
  Não insisti para não atropelar os acontecimentos... Que o leitor me não condene sem remissão nem agravo. Sei que o papel que eu fazia não era bonito; mas já lá vão vinte e sete anos. Confio do Tempo, que é um insigne alquimista. Dá-se-lhe um punhado de lodo, ele o restitui em diamantes; quando menos, em cascalho. Assim é que, se um homem de Estado escrever e publicar as suas memórias, tão sem escrúpulo, que

lhes não falte nada, nem confidências pessoais, nem segredos do governo, nem até amores, amores particularíssimos e inconfessáveis, verá que escândalo levanta o livro. Dirão, e dirão bem, que o autor é um cínico, indigno dos homens que confiaram nele e das mulheres que o amaram. Clamor sincero e legítimo, porque o caráter público impõe muitos resguardos; os bons costumes e o próprio respeito às mulheres amadas constrangem ao silêncio...

... Mas deixai pingar os anos na cuba de um século. Cheio o século, passa o livro a documento histórico, psicológico, anedótico. Hão de lê-lo a frio; estudar-se-á nele a vida íntima do nosso tempo, a maneira de amar, a de compor os ministérios e deitá-los abaixo, se as mulheres eram mais animosas que dissimuladas, como é que se faziam eleições e galanteios, se eram usados xales ou capas, que veículos tínhamos, se os relógios eram trazidos à direita ou à esquerda, e multidão de cousas interessantes para a nossa história pública e íntima. Daí a esperança que me fica, de não ser condenado absolutamente pela consciência dos que me lêem. Já lá vão vinte e sete anos!

Gastei mais de meio em bater à porta daquele coração, a ver se lá achava o Norberto; mas ninguém me respondia de dentro, nem o próprio marido. Não obstante, as cartas que mandava ao meu pobre amigo, se não levavam esperanças, também não levavam desenganos. Houve-as até mais esperançosas que desenganadas. A afeição que lhe tinha e o meu amor-próprio conjugavam as forças todas para espertar nela a curiosidade e a sedução de um mistério remoto e possível.

Já então as nossas relações eram familiares. Visitava-os a miúdo. Quando lá não ia três noites seguidas, vivia aflito e inquieto; corria a vê-los na quarta noite, e era ela que me esperava ao portão da chácara, para dizer-me nomes feios, ingrato, preguiçoso, esquecido. Os nomes foram cessando, mas a pessoa não deixava de estar ali à espera, com a mão prestes a apertar a minha, — às vezes, trêmula, — ou seria a minha que tremia; não sei.

— Amanhã não posso vir, dizia-lhe algumas noites, à despedida, baixo, no vão de uma janela.

— Por quê?

Explicava-lhe a causa, estudo ou alguma obrigação de meu tio. Nunca tentou dissuadir-me de promessa, mas ficava desconsolada. Comecei a escrever menos ao Norberto e a falar pouco de Iaiá Lindinha, como quem não ia à casa dela. Tinha fórmulas diferentes: "Ontem encontrei o barão no largo do Palácio; disse-me que a mulher está boa." Ou então: "Sabes quem vi há três dias no teatro? A baronesa." Não relia as cartas, para não encarar a minha hipocrisia. Ele, pela sua parte, também ia escrevendo menos, e bilhetes curtos. Entre mim e a moça não aparecia mais o nome de Norberto; convencionamos, sem palavras, que era um defunto, e um triste defunto sem galas mortuárias.

Beirávamos o abismo, ambos teimando que era um reflexo da cúpula celeste, — incongruência para os que não andam namorados. A morte resolveu o problema, levando consigo o barão, por meio de um ataque de apoplexia, no dia vinte e três de março de 1861, às seis horas da tarde. Era um excelente homem, a quem a viúva pagou em preces o que lhe não dera em amor.

Quando eu lhe pedi, três meses depois, que, acabado o luto, casasse comigo, Iaiá Lindinha não estranhou nem me despediu. Ao contrário, respondeu que sim, mas não tão cedo; punha uma condição: que concluísse primeiro os estudos, que me formasse. E disse isto com os mesmos lábios, que pareciam ser o único livro do mundo, o livro universal, a melhor das academias, a escola das escolas. Apelei dela para ela; escutou-me inflexível. A razão que me deu foi que meu tio podia recear que, uma vez casado, interromperia a carreira.

— E com razão, concluiu. Ouça-me: só me caso com um doutor.

Cumprimos ambos a promessa. Durante algum tempo andou ela pela Europa, com uma cunhada e o marido desta; e as saudades foram então as minhas disciplinas mais duras. Estudei pacientemente; despeguei-me de todas as vadiações antigas. Recebi o capelo na véspera da bênção matrimonial; e posso dizer, sem hipocrisia, que achei o latim do padre muito superior ao discurso acadêmico.

Semanas depois, pediu-me Iaiá Lindinha que viéssemos ao Rio de Janeiro. Cedi ao pedido, confesso que um pouco atordoado. Cá viria achar o meu amigo Norberto, se é que ele ainda residia aqui. Ia em mais de três anos que nos não escrevíamos; já antes disso as nossas cartas eram breves e sem interesse. Saberia do nosso casamento? Dos precedentes? Viemos; não contei nada a minha mulher.

Para quê? Era dar-lhe notícia de uma aleivosia oculta, dizia comigo. Ao chegar, pus esta questão a mim mesmo, se esperaria a visita dele, se iria visitá-lo antes; escolhi o segundo alvitre, para avisá-lo das cousas. Engenhei umas circunstâncias especiais, curiosas, acarretadas pela Providência, cujos fios ficam sempre ocultos aos homens. Não se ria, note-se bem; minha imaginação compunha tudo isso com seriedade.

No fim de quatro dias, soube que Norberto morava para os lados do Rio Comprido; estava casado. Tanto melhor. Corri a casa dele. Vi no jardim uma preta amamentando uma criança, outra criança de ano e meio, que recolhia umas pedrinhas do chão, acocorada.

— Nhô Bertinho, vai dizer a mamãe que está aqui um moço procurando papai.

O menino obedeceu; mas, antes que voltasse, chegava de fora o meu velho amigo Norberto. Conheci-o logo, apesar das grandes suíças que usava; lançámo-nos nos braços um do outro.

— Tu aqui? Quando chegaste?
— Ontem.
— Estás mais gordo, meu velho! Gordo e bonito. Entremos. Que é? continuou ele inclinando-se para Nhô Bertinho, que lhe abraçava uma das pernas.

Pegou dele, alçou-o, deu-lhe trinta mil beijos ou pouco menos; depois, tendo-o num braço, apontou para mim.

— Conheces este moço?

Nhô Bertinho olhava espantado, com o dedo na boca. O pai contou-lhe então que eu era um amigo de papai, muito amigo, desde o tempo em que vovô e vovó eram vivos...

— Teus pais morreram?

Norberto fez-me sinal que sim, e acudiu ao filho, que com as mãozinhas espalmadas pegava da cara do pai, pedindo-lhe mais beijos. Depois, foi à criança que mamava, não a tirou do regaço da ama, mas disse-lhe muitas cousas ternas, chamou-me para vê-la; era uma menina. Revia-se nela, encantado. Tinha cinco meses por ora; mas se eu voltasse ali quinze anos depois, veria que mocetona. Que bracinhos! que dedos gordos! Não podendo ter-se, inclinou-se e beijou-a.

— Entra, anda ver minha mulher. Jantas conosco.
— Não posso.
— Mamãe está espiando, disse Nhô Bertinho.

Olhei, vi uma moça à porta da sala, que dava para o jardim; a porta estava aberta, ela esperava-nos. Subimos os cinco degraus; entrámos na sala. Norberto pegou-lhe nas mãos, e deu-lhe dous beijos. A moça quis recuar, não pôde, ficou muito corada.

— Não te vexes, Carmela, disse ele. Sabes quem é este sujeito? É aquele Barros de quem te falei muitas vezes, um Simeão, estudante de medicina... A propósito, por que é que não me respondeste à participação de casamento?

— Não recebi nada, respondi.
— Pois afirmo que foi pelo correio.

Carmela ouvia o marido com admiração; ele tanto fez, que foi sentar-se ao pé dela, para lhe reter a mão, às escondidas. Eu fingia não ver nada; falava dos tempos acadêmicos, de alguns amigos, da política, da guerra, tudo para evitar que ele me perguntasse se estava ou não casado. Já me arrependia de ter ido ali; que lhe diria, se ele tocasse no ponto e indagasse da pessoa? Não me falou em nada; talvez soubesse tudo.

A conversação prolongou-se; mas eu teimei em sair, e levantei-me. Carmela despediu-se de mim com muita afabilidade. Era bela; os olhos pareciam dar-lhe um resplendor de santa. Certo é que o marido tinha-lhe adoração.

— Viste-a bem? perguntou-me ele à porta do jardim. Não te digo o sentimento que nos prende, estas cousas sentem-se, não se exprimem. De que sorris? Achas-me naturalmente criança. Creio que sim; criança eterna, como é eterno o meu amor.

Entrei no tílburi, prometendo ir lá jantar um daqueles dias.

— Eterno! disse comigo. Tal qual o amor que ele tinha a minha mulher.

E, voltando-me para o cocheiro, perguntei-lhe:
— O que é eterno?
— Com perdão de V. Sª, acudiu ele, mas eu acho que eterno é o fiscal da minha rua, um maroto que, se lhe não quebro a cara um destes dias, a minha alma se não salve. Pois o maroto parece eterno no lugar; tem aí não sei que compadres... Outros dizem que... Não me meto nisso... Lá quebrar-lhe a cara...

Não ouvi o resto; fui mergulhando em mim mesmo, ao zunzum do cocheiro. Quando dei por mim, estava na Rua da Glória. O demônio continuava a falar; paguei, e desci até à Praia da Glória, meti-me pela do Russell e fui sair à do Flamengo. O mar batia com força. Moderei o passo, e pus-me a olhar para as ondas que vinham ali bater e morrer. Cá dentro, ressoava, como um trecho musical, a pergunta que fizera ao cocheiro: O que é eterno? As ondas, mais discretas que ele, não me contaram os seus particulares, vinham vindo, morriam, vinham vindo, morriam.

Cheguei ao Hotel de Estrangeiros ao declinar da tarde. Minha mulher esperava-me para jantar. Eu, ao entrar no quarto, peguei-lhe das mãos, e perguntei-lhe:

— O que é eterno, Iaiá Lindinha?

Ela, suspirando:

— Ingrato! é o amor que te tenho.

Jantei sem remorsos; ao contrário, tranqüilo e jovial. Cousas do Tempo! Dá-se-lhe um punhado de lodo, ele o restitui em diamantes...

MISSA DO GALO

Nunca pude entender a conversação que tive com uma senhora, há muitos anos, contava eu dezessete, ela trinta. Era noite de Natal. Havendo ajustado com um vizinho irmos à missa do galo, preferi não dormir; combinei que eu iria acordá-lo à meia-noite.

A casa em que eu estava hospedado era a do escrivão Meneses, que fora casado, em primeiras núpcias, com uma de minhas primas. A segunda mulher, Conceição, e a mãe desta acolheram-me bem, quando vim de Mangaratiba para o Rio de Janeiro, meses antes, a estudar preparatórios. Vivia tranqüilo, naquela casa assobradada da Rua do Senado, com os meus livros, poucas relações, alguns passeios. A família era pequena, o escrivão, a mulher, a sogra e duas escravas. Costumes velhos. Às dez horas da noite toda a gente estava nos quartos; às dez e meia a casa dormia. Nunca tinha ido ao teatro, e mais de uma vez, ouvindo dizer ao Meneses que ia ao teatro, pedi-lhe que me levasse consigo. Nessas ocasiões, a sogra fazia uma careta, e as escravas riam à socapa; ele não respondia, vestia-se, saía e só tornava na manhã seguinte. Mais tarde é que eu soube que o teatro era um eufemismo em ação. Meneses trazia amores com uma senhora, separada do marido, e dormia fora de casa uma vez por semana. Conceição padecera, a princípio, com a existência da comborça; mas, afinal, resignara-se, acostumara-se, e acabou achando que era muito direito.

Boa Conceição! Chamavam-lhe "a santa", e fazia jus ao título, tão facilmente suportava os esquecimentos do marido. Em verdade, era um temperamento moderado, sem extremos, nem grandes lágrimas, nem grandes risos. No capítulo de que trato, dava para maometana; aceitaria um harém, com as aparências salvas. Deus me perdoe, se a julgo mal. Tudo nela era atenuado e passivo. O próprio rosto era mediano, nem bonito nem feio. Era o que chamamos uma pessoas simpática. Não dizia mal de ninguém, perdoava tudo. Não sabia odiar; pode ser até que não soubesse amar.

Naquela noite de Natal foi o escrivão ao teatro. Era pelos anos de 1861 ou 1862. Eu já devia estar em Mangaratiba, em férias; mas fiquei até o Natal para ver "a missa do galo na Corte". A família recolheu-se à hora do costume; eu meti-me na sala da frente, vestido e pronto. Dali passaria ao corredor da entrada e sairia sem acordar ninguém. Tinha três chaves a porta; uma estava com o escrivão, eu levaria outra, a terceira ficava em casa.

— Mas, Sr. Nogueira, que fará você todo esse tempo?
— perguntou-me a mãe de Conceição.
— Leio, D. Inácia.

Tinha comigo um romance, os *Três Mosqueteiros*, velha tradução creio do *Jornal do Comércio*. Sentei-me à mesa que havia no centro da sala, e à luz de um candeeiro de querosene, enquanto a casa dormia, trepei ainda uma vez ao cavalo magro de D'Artagnan e fui-me às aventuras. Dentro em pouco estava completamente ébrio de Dumas. Os minutos voavam, ao contrário do que costumam fazer, quando são de espera; ouvi bater onze horas, mas quase sem dar por elas, um acaso. Entretanto, um pequeno rumor que ouvi dentro veio acordar-me da leitura. Eram uns passos no corredor que ia da sala de visitas à de jantar; levantei a cabeça; logo depois vi assomar à porta da sala o vulto de Conceição.

— Ainda não foi? Perguntou ela.
— Não fui; parece que ainda não é meia-noite.
— Que paciência!

Conceição entrou na sala, arrastando as chinelinhas da alcova. Vestia um roupão branco, mal apanhado na cintura. Sendo magra, tinha um ar de visão romântica, não disparatada com o meu livro de aventuras. Fechei o livro; ela foi sentar-se na cadeira que ficava defronte de mim, perto do canapé. Como eu lhe perguntasse se a havia acordado, sem querer, fazendo barulho, respondeu com presteza:

— Não! qual! Acordei por acordar.

Fitei-a um pouco e duvidei da afirmativa. Os olhos não eram de pessoa que acabasse de dormir; pareciam não ter ainda pegado no sono. Essa observação, porém, que valeria alguma cousa em outro espírito, depressa a botei fora, sem advertir que talvez não dormisse justamente por minha causa, e mentisse para me não afligir ou aborrecer. Já disse que ela era boa, muito boa.

— Mas a hora já há de estar próxima, disse eu.

— Que paciência a sua de esperar acordado, enquanto o vizinho dorme! E esperar sozinho! Não tem medo de almas do outro mundo? Eu cuidei que se assustasse quando me viu.

— Quando ouvi os passos estranhei; mas a senhora apareceu logo.

— Que é que estava lendo? Não diga, já sei, é o romance dos *Mosqueteiros*.

— Justamente: é muito bonito.

— Gosta de romances?

— Gosto.

— Já leu a *Moreninha*?

— Do Dr. Macedo? Tenho lá em Mangaratiba.

— Eu gosto muito de romances, mas leio pouco, por falta de tempo. Que romances é que você tem lido?

Comecei a dizer-lhe os nomes de alguns. Conceição ouvia-me com a cabeça reclinada no espaldar, enfiando os olhos por entre as pálpebras meio-cerradas, sem os tirar de mim. De vez em quando passava a língua pelos beiços, para umedecê-los. Quando acabei de falar, não me disse nada; ficamos assim alguns segundos. Em seguida, vi-a endireitar a cabeça, cruzar os dedos e sobre eles pousar o queixo, tendo os cotovelos nos braços da cadeira, tudo sem desviar de mim os grandes olhos espertos.

— Talvez esteja aborrecida, pensei eu.

E logo alto:

— D. Conceição, creio que vão sendo horas, e eu...

— Não, não, ainda é cedo. Vi agora mesmo o relógio; são onze e meia. Tem tempo. Você, perdendo a noite, é capaz de não dormir de dia?

— Já tenho feito isso.

— Eu, não; perdendo uma noite, no outro dia estou que não posso, e, meia hora que seja, hei de passar pelo sono. Mas também estou ficando velha.
— Que velha o quê, D. Conceição?
Tal foi o calor da minha palavra que a fez sorrir. De costume tinha os gestos demorados e as atitudes tranqüilas; agora, porém, ergueu-se rapidamente, passou para o outro lado da sala e deu alguns passos, entre a janela da rua e a porta do gabinente do marido. Assim, com o desalinho honesto que trazia, dava-me uma impressão singular. Magra embora, tinha não sei que balanço no andar, como quem lhe custa levar o corpo; essa feição nunca me pareceu tão distinta como naquela noite. Parava algumas vezes, examinando um trecho de cortina ou consertando a posição de algum objeto no aparador; afinal deteve-se, ante mim, com a mesa de permeio. Estreito era o círculo das suas idéias; tornou ao espanto de me ver esperar acordado; eu repeti-lhe o que ela sabia, isto é, que nunca ouvira missa do galo na Corte, e não queria perdê-la.
— É a mesma missa da roça; todas as missas se parecem.
— Acredito; mas aqui há de haver mais luxo e mais gente também. Olhe, a semana santa na Corte é mais bonita que na roça. S. João não digo, nem Santo Antônio...

Pouco a pouco, tinha-se inclinado; fincara os cotovelos no mármore da mesa e metera o rosto entre as mãos espalmadas. Não estando abotoadas, as mangas, caíram naturalmente, e eu vi-lhe metade dos braços, muitos claros, e menos magros do que se poderiam supor. A vista não era nova para mim, posto também não fosse comum; naquele momento, porém, a impressão que tive foi grande. As veias eram tão azuis, que apesar da pouca claridade, podia contá-las do meu lugar. A presença de Conceição espertara-me ainda mais que o livro. Continuei a dizer o que pensava das festas da roça e da cidade, e de outras cousas que me iam vindo à boca. Falava emendando os assuntos, sem saber por quê, variando deles ou tornando aos primeiros, e rindo para fazê-la sorrir e ver-lhe os dentes que luziam de brancos, todos iguaizinhos. Os olhos dela não eram bem negros, mas escuros; o nariz, seco e longo, um tantinho curvo, dava-lhe ao rosto um ar interrogativo. Quando eu alteava um pouco a voz, ela reprimia-me:

É a mesma missa da roça.
(PÁGINAS RECOLHIDAS — Missa do galo, página 62)

— Mais baixo! Mamãe pode acordar.
E não saía daquela posição, que me enchia de gosto, tão perto ficavam as nossas caras. Realmente, não era preciso falar alto para ser ouvido; cochichávamos os dous, eu mais que ela, porque falava mais; ela, às vezes, ficava séria, muito séria, com a testa um pouco franzida. Afinal, cansou; trocou de atitude e de lugar. Deu volta à mesa e veio sentar-se do meu lado, no canapé. Voltei-me, e pude ver, a furto, o bico das chinelas; mas foi só o tempo que ela gastou em sentar-se, o roupão era comprido e cobriu-as logo. Recordo-me que eram pretas. Conceição disse baixinho:
— Mamãe está longe, mas tem o sono muito leve; se acordasse agora, coitada, tão cedo não pegava no sono.
— Eu também sou assim.
— O quê? Perguntou ela inclinando o corpo para ouvir melhor.
Fui sentar-me na cadeira que ficava ao lado do canapé e repeti a palavra. Riu-se da coincidência; também ela tinha o sono leve; éramos três sonos leves.
— Há ocasiões em que sou como mamãe: acordando, custa-me dormir outra vez, rolo na cama, à toa, levanto-me, acendo vela, passeio, torno a deitar-me, e nada.
— Foi o que lhe aconteceu hoje.
— Não, não, atalhou ela.
Não entendi a negativa; ela pode ser que também não a entendesse. Pegou das pontas do cinto e bateu com elas sobre os joelhos, isto é, o joelho direito, porque acabava de cruzar as pernas. Depois referiu uma história de sonhos, e afirmou-me que só tivera um pesadelo, em criança. Quis saber se eu os tinha. A conversa reatou-se assim lentamente, longamente, sem que eu desse pela hora nem pela missa. Quando eu acabava uma narração ou uma explicação, ela inventava outra pergunta ou outra matéria, e eu pegava novamente na palavra. De quando em quando, reprimia-me:
— Mais baixo, mais baixo...
Havia também umas pausas. Duas outras vezes, pareceu-me que a via dormir; mas os olhos, cerrados por um instante, abriam-se logo sem sono nem fadiga, como se ela os houvesse fechado para ver melhor. Uma dessas vezes creio que deu por

mim embebido na sua pessoa, e lembra-me que os tornou a fechar, não sei se apressada ou vagarosamente. Há impressões dessa noite, que me aparecem truncadas ou confusas. Contradigo-me, atrapalho-me. Uma das que ainda tenho frescas é que, em certa ocasião, ela, que era apenas simpática, ficou linda, ficou lindíssima. Estava de pé, os braços cruzados; eu, em respeito a ela, quis levantar-me; não consentiu, pôs uma das mãos no meu ombro, e obrigou-me a estar sentado. Cuidei que ia dizer alguma cousa; mas estremeceu, como se tivesse um arrepio de frio, voltou as costas e foi sentar-se na cadeira, onde me achara lendo. Dali relanceou a vista pelo espelho, que ficava por cima do canapé, falou de duas gravuras que pendiam da parede.

— Estes quadros estão ficando velhos. Já pedi a Chiquinho para comprar outros.

Chiquinho era o marido. Os quadros falavam do principal negócio deste homem. Um representava "Cleópatra"; não me recordo o assunto do outro, mas eram mulheres. Vulgares ambos; naquele tempo não me pareciam feios.

— São bonitos, disse eu.

— Bonitos são; mas estão manchados. E depois francamente, eu preferia duas imagens, duas santas. Estas são mais próprias para sala de rapaz ou de barbeiro.

— De barbeiro? A senhora nunca foi a casa de barbeiro.

— Mas imagino que os fregueses, enquanto esperam, falam de moças e namoros, e naturalmente o dono da casa alegra a vista deles com figuras bonitas. Em casa de família é que não acho próprio. É o que eu penso; mas eu penso muita cousa assim esquisita. Seja o que for, não gosto dos quadros. Eu tenho uma Nossa Senhora da Conceição, minha madrinha, muito bonita; mas é de escultura, não se pode pôr na parede, nem eu quero. Está no meu oratório.

A idéia do oratório trouxe-me a da missa, lembrou-me que podia ser tarde e quis dizê-lo. Penso que cheguei a abrir a boca, mas logo a fechei para ouvir o que ela contava, com doçura, com graça, com tal moleza que trazia preguiça à minha alma e fazia esquecer a missa e a igreja. Falava das suas devoções de menina e moça. Em seguida referia umas anedotas de baile, uns casos de passeio, reminiscências de Paquetá, tudo de mistura, quase sem interrupção. Quando cansou do passado, falou do presente, dos negócios da casa, das canseiras de família, que lhe diziam ser muitas, antes de casar, mas não eram nada. Não me contou, mas eu sabia que casara aos vinte e sete anos. Já agora não trocava de lugar, como a princípio, e quase não saíra da mesma atitude. Não tinha os grandes olhos compridos, e entrou a olhar à toa para as paredes.

— Precisamos mudar o papel da sala, disse daí a pouco, como se falasse consigo.

Concordei, para dizer alguma cousa, para sair da espécie de sono magnético, ou o que quer que era que me tolhia a língua e os sentidos. Queria e não queria acabar a conversação; fazia esforço para arredar os olhos dela, e arredava-os por um sentimento de respeito; mas a idéia de parecer que era aborrecimento, quando não era, levava-me os olhos outra vez para Conceição. A conversa ia morrendo. Na rua, o silêncio era completo.

Chegamos a ficar por algum tempo, — não posso dizer quanto, — inteiramente calados. O rumor único e escasso, era um roer de camundongo no gabinete, que me acordou daquela espécie de sonolência; quis falar dele, mas não achei modo. Conceição parecia estar devaneando. Subitamente, ouvi uma pancada na janela, do lado de fora, e uma voz que bradava: "Missa do galo! missa do galo!"

— Aí está o companheiro, disse ela levantando-se. Tem graça; você é que ficou de ir acordá-lo, ele é que vem acordar você. Vá, que hão de ser horas; adeus.

— Já serão horas? perguntei.

— Naturalmente.

— Missa do galo! repetiram de fora, batendo.

— Vá, vá, não se faça esperar. A culpa foi minha. Adeus; até amanhã.

E com o mesmo balanço do corpo, Conceição enfiou pelo corredor dentro, pisando mansinho. Saí à rua e achei o vizinho que esperava. Guiamos dali para a Igreja. Durante a missa, a figura de Conceição interpôs-se mais de uma vez, entre mim e o padre; fique isto à conta dos meus dezessete anos. Na manhã seguinte, ao almoço, falei da missa do galo e da gente que estava na igreja sem excitar a curiosidade de Conceição. Durante o dia, achei-a como sempre, natural, benigna, sem nada que fizesse lembrar a conversação da véspera. Pelo Ano-Bom fui para Mangaratiba. Quando tornei ao Rio de Janeiro, em março, o escrivão tinha morrido de apoplexia. Conceição morava no Engenho Novo, mas nem a visitei nem a encontrei. Ouvi mais tarde que casara com o escrevente juramentado do marido.

Ia a sair, quando vi uma gaiola pendurada da porta.
(PÁGINAS RECOLHIDAS — Idéias de canário, página 69)

IDÉIAS DE CANÁRIO

Um homem dado a estudos de ornitologia, por nome Macedo, referiu a alguns amigos um caso tão extraordinário que ninguém lhe deu crédito. Alguns chegam a supor que Macedo virou o juízo. Eis aqui o resumo da narração.

No princípio do mês passado, — disse ele, — indo por uma rua, sucedeu que um tílburi à disparada, quase me atirou ao chão. Escapei saltando para dentro de uma loja de belchior. Nem o estrépito do cavalo e do veículo, nem a minha entrada fez levantar o dono do negócio, que cochilava ao fundo, sentado numa cadeira de abrir. Era um frangalho de homem, barba cor de palha suja, a cabeça enfiada em um gorro esfarrapado, que provavelmente não achara comprador. Não se adivinhava nele nenhuma história, como podiam ter alguns dos objetos que vendia, nem se lhe sentia a tristeza austera e desenganada das vidas que foram vidas.

A loja era escura, atulhada das cousas velhas, tortas, rotas, enxovalhadas, enferrujadas que de ordinário se acham em tais casas, tudo naquela meia desordem própria do negócio. Essa mistura, posto que banal, era interessante. Panelas sem tampa, tampas sem panela, botões, sapatos, fechaduras, uma saia preta, chapéus de palha e de pêlo, caixilhos, binóculos, meias casacas, um florete, um cão empalhado, um par de chinelas, luvas, vasos sem nome, dragonas, uma bolsa de veludo, dous cabides, um bodoque, um termômetro, cadeiras, um retrato litografado pelo finado Sisson, um gamão, duas máscaras de arame para o carnaval que há de vir, tudo isso e o mais que não vi ou não me ficou de memória, enchia a loja nas imediações da porta, encostado, pendurado ou exposto em caixas de vidro, igualmente velhas. Lá para dentro, havia outras cousas mais e muitas, e do mesmo aspecto, dominando os objetos grandes, cômodas, cadeiras, camas, uns por cima dos outros, perdidos na escuridão.

Ia a sair, quando vi uma gaiola pendurada da porta. Tão velha como o resto, para ter o mesmo aspecto da desolação geral, faltava-lhe estar vazia. Não estava vazia. Dentro pulava um canário. A cor, a animação e a graça do passarinho davam àquele amontoado de destroços uma nota de vida e de mocidade. Era o último passageiro de algum naufrágio, que ali foi parar íntegro e alegre como dantes. Logo que olhei para ele, entrou a saltar mais, abaixo e acima, de poleiro em poleiro, como se quisesse dizer que no meio daquele cemitério brincava um raio de sol. Não atribuo essa imagem ao canário, senão porque falo a gente retórica; em verdade, ele não pensou em cemitério nem sol, segundo me disse depois. Eu, de envolta com o prazer que me trouxe aquela vista, senti-me indignado do destino do pássaro, e murmurei baixinho palavras de azedume.

— Quem seria o dono execrável deste bichinho, que teve ânimo de se desfazer dele por alguns pares de níqueis? Ou que mão indiferente, não querendo guardar esse companheiro de dono defunto, o deu de graça a algum pequeno, que o vendeu para ir jogar uma quiniela?

E o canário, quedando-se em cima do poleiro, trilou isto:

— Quem quer que sejas tu, certamente não estás em teu juízo. Não tive dono execrável, nem fui dado a nenhum menino que me vendesse. São imaginações de pessoa doente; vai-te curar, amigo...

— Como? interrompi eu, sem ter tempo de ficar espantado. Então o teu dono não te vendeu a esta casa? Não foi a miséria ou a ociosidade que te trouxe a este cemitério, como um raio de sol?

— Não sei que seja sol nem cemitério. Se os canários que tens visto usam do primeiro desses nomes, tanto melhor, porque é bonito, mas estou que confundes.

— Perdão, mas tu não vieste para aqui à toa, sem ninguém, salvo se o teu dono foi sempre aquele homem que ali está sentado.

— Que dono? Esse homem que aí está é meu criado, dá-me água e comida todos os dias, com tal regularidade que eu, se devesse pagar-lhe os serviços, não seria com pouco; mas os canários não pagam criados. Em verdade, se o mundo é propriedade dos canários, seria extravagante que eles pagassem o que está no mundo.

Pasmado das respostas, não sabia que mais admirar, se a linguagem, se as idéias. A linguagem, posto me entrasse pelo ouvido como de gente, saía do bicho em trilos engraçados. Olhei em volta de mim, para verificar se estava acordado; a rua era a mesma, a loja era a mesma loja escura, triste e úmida. O canário, movendo a um lado e outro, esperava que eu lhe falasse. Perguntei-lhe então se tinha saudades do espaço azul e infinito...

— Mas caro homem, trilou o canário, que quer dizer espaço azul e infinito?

— Mas, perdão, que pensas deste mundo? Que cousa é o mundo?

— O mundo, redargüiu o canário com certo ar de professor, o mundo é uma loja de belchior, com uma pequena gaiola de taquara, quadrilonga, pendente de um prego; o canário é senhor da gaiola que habita e da loja que o cerca. Fora daí, tudo é ilusão e mentira.

Nisto acordou o velho, e veio a mim arrastando os pés. Perguntou-me se queria comprar o canário. Indaguei se o adquirira, como o resto dos objetos que vendia, e soube que sim, que o comprara a um barbeiro, acompanhado de uma coleção de navalhas.

— As navalhas estão em muito bom uso, concluiu ele.

— Quero só o canário.

Paguei-lhe o preço, mandei comprar uma gaiola vasta, circular, de madeira e arame, pintada de branco, e ordenei que a pusessem na varanda da minha casa, donde o passarinho podia ver o jardim, o repuxo e um pouco do céu azul.

Era meu intuito fazer um longo estudo do fenômeno, sem dizer nada a ninguém, até poder assombrar o século com a minha extraordinária descoberta. Comecei por alfabetar a língua do canário, por estudar-lhe a estrutura, as relações com a música, os sentimentos estéticos do bicho, as suas idéias e reminiscências. Feita essa análise filológica e psicológica, entrei propriamente na história dos canários, na origem deles, primeiros séculos, geologia e flora das ilhas Canárias, se ele tinha conhecimento da navegação, etc. Conversávamos longas horas, eu escrevendo as notas, ele esperando, saltando, trilando.

Não tendo mais família que dous criados, ordenava-lhes que não me interrompessem, ainda por motivo de alguma carta ou telegrama urgente, ou visita de importância. Sabendo ambos das minhas ocupações científicas, acharam natural a ordem, e não suspeitaram que o canário e eu nos entendíamos.

Não é mister dizer que dormia pouco, acordava duas e três vezes por noite, passeava à toa, sentia-me com febre. Afinal tornava ao trabalho, para reler, acrescentar, emendar. Retifiquei mais de uma observação, — ou por havê-la entendido mal, ou porque ele não a tivesse expresso claramente. A definição do mundo foi uma delas. Três semanas depois da entrada do canário em minha casa, pedi-lhe que me repetisse a definição do mundo.

— O mundo, respondeu ele, é um jardim assaz largo com repuxo no meio, flores e arbustos, alguma grama, ar claro e um pouco de azul por cima; o canário, dono do mundo, habita uma gaiola vasta, branca e circular, donde mira o resto. Tudo o mais é ilusão e mentira.

Também a linguagem sofreu algumas retificações, e certas conclusões, que me tinham parecido simples, vi que eram temerárias. Não podia ainda escrever a memória que havia de mandar ao Museu Nacional, ao Instituto Histórico e às universidades alemãs, não porque faltasse matéria, mas para acumular primeiro todas as observações e ratificá-las. Nos últimos dias, não saía de casa, não respondia a cartas, não quis saber de amigos nem parentes. Todo eu era canário. De manhã, um dos criados tinha a seu cargo limpar a gaiola e pôr-lhe água e comida. O passarinho não lhe dizia nada, como se soubesse que a esse homem faltava qualquer preparo científico. Também o serviço era o mais sumário do mundo; o criado não era amador de pássaros.

Um sábado amanheci enfermo, a cabeça e a espinha doíam-me. O médico ordenou absoluto repouso; era excesso de estudo, não devia ler nem pensar, não devia saber sequer o que se passava na cidade e no mundo. Assim fiquei cinco dias; no sexto levantei-me, e só então soube que o canário, estando o criado a tratar dele, fugira da gaiola. O meu primeiro gesto foi para esganar o criado; a indignação sufocou--me, caí na cadeira, sem voz, tonto. O culpado defendeu-se, jurou que tivera cuidado, o passarinho é que fugira por astuto...

— Mas não o procuraram?

— Procuramos, sim, senhor; a princípio trepou ao telhado, trepei também, ele fugiu, foi para uma árvore, depois escondeu-se não sei onde. Tenho indagado desde ontem, perguntei aos vizinhos, aos chacareiros, ninguém sabe nada.

Padeci muito; felizmente, a fadiga estava passada, e com algumas horas pude sair à varanda e ao jardim. Nem sombra de canário. Indaguei, corri, anunciei, e nada. Tinha já recolhido as notas para compor a memória, ainda que truncada e incompleta, quando me sucedeu visitar um amigo, que ocupa uma das mais belas e grandes chácaras dos arrabaldes. Passeávamos nela antes de jantar, quando ouvi trilar esta pergunta:

— Viva, Sr. Macedo, por onde tem andado que desapareceu?

Era o canário; estava no galho de uma árvore. Imaginem como fiquei, e o que lhe disse. O meu amigo cuidou que eu estivesse doudo; mas que me importavam cuidados de amigos? Falei ao canário com ternura, pedi-lhe que viesse continuar a conversação, naquele nosso mundo composto de um jardim e repuxo, varanda e gaiola branca e circular...

— Que jardim? que repuxo?

— O mundo, meu querido.

— Que mundo? Tu não perdes os maus costumes de professor. O mundo, concluiu solenemente, é um espaço infinito e azul, com o sol por cima.

Indignado, retorqui-lhe que, se eu lhe desse crédito, o mundo era tudo; até já fora uma loja de belchior...

— De belchior? trilou ele às bandeiras despregadas. Mas há mesmo lojas de belchior?

LÁGRIMAS DE XERXES

Suponhamos (tudo é de supor) que Julieta e Romeu, antes que Frei Lourenço os casasse, travavam com ele este diálogo curioso:

JULIETA — Uma só pessoa?
FREI LOURENÇO — Sim, filha, e, logo que eu houver feito de vós ambos uma só pessoa, nenhum outro poder vos desligará mais. Andai, andai, vamos ao altar, que estão acendendo as velas... (*Saem da cela e vão pelo corredor.*)
ROMEU — Para que velas? Abençoai-nos aqui mesmo. (*Pára diante de uma janela.*) Para que altar e velas? O céu é o altar: não tarda que a mão dos anjos acenda ali as eternas estrelas; mas, ainda sem elas, o altar é este. A igreja está aberta; podem descobrir-nos. Eia, abençoai-nos aqui mesmo.
FREI LOURENÇO — Não, vamos para a igreja; daqui a pouco estará tudo pronto. Curvarás a cabeça, filha minha, para que olhos estranhos, se alguns houver, não cheguem a reconhecer-te...
ROMEU — Vã dissimulação; não há, em toda Verona, um talhe igual ao da minha bela Julieta, nenhuma outra dama chegaria a dar a mesma impressão que esta. Que impede que seja aqui? O altar não é mais que o céu.
FREI LOURENÇO — Mais eficaz que o céu.
ROMEU — Como?
FREI LOURENÇO — Tudo o que ele abençoa perdura. As velas que lá verás arder hão de acabar antes dos noivos e do padre que os vai ligar; tenho-as visto morrer infinitas; mas as estrelas...

ROMEU — Que tem? arderão ainda, nem ali nasceram senão para dar ao céu a mesma graça da terra. Sim, minha divina Julieta, a via-láctea é como o pó luminoso dos teus pensamentos; todas as pedrarias e claridades altas e remotas, tudo isso está aqui perto e resumido na tua pessoa, porque a lua plácida imita a tua indulgência, e Vênus, quando cintila, é com os fogos da tua imaginação. Aqui mesmo, padre. Que outra formalidade nos pedes tu? [11] Nenhuma formalidade exterior, nenhum consentimento alheio. Nada mais que amor e vontade. O ódio de outros separa-nos, mas o nosso amor conjuga-nos.

FREI LOURENÇO — Para sempre.

JULIETA — Conjuga-nos, e para sempre. Que mais então? Vai a tua mão fazer com que parem todas as horas de uma vez. Em vão o sol passará de um céu a outro céu, e tornará a vir e tornará a ir, não levará consigo o tempo que fica a nossos pés como um tigre domado. Monge amigo, repete essa palavra amiga.

FREI LOURENÇO — Para sempre.

JULIETA — Para sempre! amor eterno! eterna vida! Juro-vos que não entendo outra língua senão essa. Juro-vos que não entendo a língua de minha mãe.

FREI LOURENÇO — Pode ser que tua mãe não entendesse a língua da mãe dela. A vida é uma Babel, filha; cada um de nós vale por uma nação.

ROMEU — Não aqui, padre; ela e eu somos duas províncias da mesma linguagem, que nos aliamos para dizer as mesmas orações, com o mesmo alfabeto e um só sentido. Nem há outro sentido que tenha algum valor na terra. Agora, quem nos ensinou essa linguagem divina não o sei eu nem ela; foi talvez alguma estrela... Olhai, pode ser que fosse aquela primeira que começa a cintilar no espaço.

JULIETA — Que mão celeste a terá acendido? Rafael, talvez, ou tu, amado Romeu. Magnífica estrela, serás a estrela na minha vida, tu, que marcas a hora do meu consórcio. Que nome tem ela, padre?

FREI LOURENÇO — Não sei de astronomias, filha.

JULIETA — Hás de saber por força. Tu conheces as le-

tras divinas e humanas, as próprias ervas do chão, as que matam e as que curam... Dize, dize...
Frei Lourenço — Eva eterna!
Julieta — Dize o nome dessa tocha celeste, que vai alumiar as minhas bodas, e casai-nos aqui mesmo. Os astros valem mais que as tochas da terra.
Frei Lourenço — Valem menos. Que nome tem aquele? Não sei. A minha astronomia não é como as dos outros homens. (*Depois de alguns instantes de reflexão.*) Eu sei o que me contaram os ventos, que andam cá e lá, abaixo e acima, de um tempo a outro tempo, e sabem muito, porque são testemunhas de tudo. A dispersão não lhes tira a unidade, nem a inquietação a constância.
Romeu — E que vos disseram eles?
Frei Lourenço — Cousas duras. Heródoto conta que Xerxes um dia chorou; mas não conta mais nada. Os ventos é que me disseram o resto, porque eles lá estavam ao pé do capitão, e recolheram tudo... Escutai; aí começam eles a agitar-se; ouviram-nos falar e murmuram... Uivai, amigos ventos, uivai como nos jovens dias das Termópilas.
Romeu — Mas que te disseram eles? Contai, contai depressa.
Julieta — Fala a gosto, nós te esperaremos.
Frei Lourenço — Gentil criatura, aprende com ela, filho, aprende a tolerar as demasias de um velho lunático. O que é que me disseram? Melhor fora não repeti-lo; mas, se teimais em que vos case aqui mesmo, ao clarão das estrelas, dir-vos-ei a origem daquela, que parece governar todas as outras... Vamos, ainda é tempo, o altar espera-nos... Não? teimosos que sois... Contar-vos-ei o que me disseram os ventos, que lá estavam em torno de Xerxes, quando este vinha destruir a Hélade com tropas inumeráveis. As tropas marchavam diante dele, a poder de chicote, porque esse homem cru amava particularmente o chicote e empregava-o a miúdo, sem hesitação nem remorso. O próprio mar, quando ousou destruir a ponte que ele mandara construir, recebeu em castigo trezentas chicotadas. Era justo; mas para não ser somente justo, para ser também abominável, Xerxes ordenou que decapitassem a todos os que tinham construído a ponte e não sou-

beram fazê-la imperecível. Chicote e espada; pancada e sangue.
JULIETA — Oh! abominável!
FREI LOURENÇO — Abominável, mas forte. Força vale alguma cousa; a prova é que o mar acabou aceitando o jugo do grande persa. Ora, um dia, à margem do Helesponto, curioso de contemplar as tropas que ali ajuntara, no mar e em terra, Xerxes trepou a um alto morro feitiço, donde espalhou as vistas para todos os lados. Calculai o orgulho que ele sentiu. Viu ali gente infinita, o melhor leite mungido à vaca asiática, centenas de milhares ao pé de centenas de milhares, várias armas, povos diversos, cores e vestiduras diferentes, mescladas, baralhadas, flecha e gládio, tiara e capacete, pele de cabra, pele de cavalo, pele de pantera, uma algazarra infinita de cousas. Viu e riu; farejava a vitória. Que outro poder viria contrastá-lo? Sentia-se indestrutível. E ficou a rir e a olhar com longos olhos ávidos e felizes, olhos de noivado, como os teus, moço amigo...
ROMEU — Comparação falsa. O maior déspota do universo é um miserável escravo, se não governa os mais belos olhos femininos de Verona. E a prova é que, a despeito do poder, chorou.
FREI LOURENÇO — Chorou, é certo, logo depois, tão depressa acabara de rir. A cara embruscou-se-lhe de repente, e as lágrimas saltaram-lhe grossas e irreprimíveis. Um tio do guerreiro, que ali estava, interrogou-o espantado; ele respondeu melancolicamente que chorava, considerando que de tantos milhares e milhares de homens que ali tinha diante de si, e às suas ordens, não existiria um só ao cabo de um século. Até aqui Heródoto; escutai agora os ventos. Os ventos ficaram atônitos. Estavam justamente perguntando uns aos outros se esse homem feito de ufania e rispidez teria nunca chorado em sua vida, e concluíam que não, que era impossível, que ele não conhecia mais que injustiça e crueldade, não a compaixão. E era a compaixão que ali vinha lacrimosa, era ela que soluçava na garganta do tirano... Então eles rugiram de assombro; depois pegaram das lágrimas de Xerxes... Que farias tu delas?

ROMEU — Secá-las-ia, para que a piedade humana não ficasse desonrada.

FREI LOURENÇO — Não fizeram isso: pegaram das lágrimas todas e deitaram a voar pelo espaço fora, bradando às constelações: Aqui estão! olhai! olhai! aqui estão os primeiros diamantes da alma bárbara! Todo o firmamento ficou alvoroçado; pode crer-se que, por um instante, a marcha das cousas parou. Nenhum astro queria acabar de crer nos ventos. Xerxes! Lágrimas de Xerxes eram impossíveis; tal planta não dava em tal rochedo. Mas ali estavam elas; eles as mostravam, contando a sua curiosa história, o riso que servira de concha a essas pérolas, as palavras dele, e as constelações não tiveram remédio, e creram finalmente que o duro Xerxes houvesse chorado. Os planetas miraram longo tempo essas lágrimas inverossímeis; não havia negar que traziam o amargo da dor e o travo da melancolia. E quando pensaram que o coração que as brotara de si tinha particular amor ao estalido do chicote, deitaram um olhar oblíquo à terra, como perguntando de que contradições era ela feita. Um deles disse aos ventos que devolvessem as lágrimas ao bárbaro, para que as engolisse; mas os ventos responderam que não e detiveram-se para deliberar. Não cuideis que só os homens dissentem uns dos outros.

JULIETA — Também os ventos?

FREI LOURENÇO — Também eles. O aquilão queria convertê-las em tempestades do mundo, violentas e destruidoras, como o homem que as gerara; mas os outros ventos não aceitaram a idéia. As tempestades passam ligeiras; eles queriam alguma cousa que tivesse perenidade, um rio, por exemplo, ou um mar novo; mas não combinaram nada e foram ter com o sol e a lua. Tu conheces a lua, filha.

ROMEU — A lua é ela mesma; uma e outra são a plácida imagem da indulgência e do carinho; é o que eu te disse há pouco, meu bom confessor.

JULIETA — Não, não creias nada do que ele disser, freire amigo; a lua é a minha rival, é a rival que alumia de longe o belo rosto do galhardo Romeu, que lhe dá um resplendor de opala, à noite, quando ele vem pela rua...

FREI LOURENÇO — Terão ambos razão. A lua e Julieta podem ser a mesma pessoa, e é por isso que querem o mesmo homem. Mas, se a lua és tu, filha, deves saber o que ela disse ao vento.

JULIETA — Nada, não me lembra nada.

FREI LOURENÇO — Os ventos foram ter com ela, perguntaram-lhe o que fariam das lágrimas de Xerxes, e a resposta foi a mais piedosa do mundo. Cristalizemos essas lágrimas, disse a lua, e façamos delas uma estrela que brilhe por todos os séculos, com a claridade da compaixão, e onde vão residir todos aqueles que deixarem a terra, para achar ali a perpetuidade que lhes escapou.

JULIETA — Sim, eu diria a mesma cousa. (*Olhando pela janela.*) Lume eterno, berço de renovação, mundo do amor continuado e infinito, estávamos ouvindo a tua bela história.

FREI LOURENÇO — Não, não, não.

JULIETA — Não?

FREI LOURENÇO — Não, porque os ventos foram também ao sol, e tu que conheces a lua, não conheces o sol, amiga minha. Os ventos levaram-lhe as lágrimas, contaram a origem delas e o conselho do astro da noite, e falaram da beleza que teria essa estrela nova e especial. O sol ouviu-os e redargüiu que sim, que cristalizassem as lágrimas e fizessem delas uma estrela; mas nem tal como o pedia a lua, nem para igual fim. Há de ser eterna e brilhante, disse ele, mas para a compaixão basta a mesma lua com a sua enjoada e dulcíssima poesia. Não; essa estrela feita das lágrimas que a brevidade da vida arrancou um dia ao orgulho humano ficará pendente do céu como o astro da ironia, luzirá cá de cima sobre todas as multidões que passam, cuidando não acabar mais e sobre todas as cousas construídas em desafio dos tempos. Onde as bodas cantarem a eternidade, ela fará descer um dos seus raios, lágrima de Xerxes, para escrever a palavra da extinção, breve, total, irremissível. Toda epifania receberá esta nota de sarcasmo. Não quero melancolias, que são as rosas pálidas da lua e suas congêneres; — ironia, sim, uma dura boca, gelada e sardônica...

ROMEU — Como? Esse astro esplêndido...

FREI LOURENÇO — Justamente, filho; e é por isso que o altar é melhor que o céu; no altar a benta vela arde depressa e morre às nossas vistas.

JULIETA — Conto de ventos!

Frei Lourenço — Não, não.

Julieta — Ou ruim sonho de lunático. Velho lunático disseste há pouco; és isso mesmo. Vão sonho ruim, como os teus ventos, e o teu Xerxes, e as tuas lágrimas, e o teu sol, e toda essa dança de figuras imaginárias.

Frei Lourenço — Filha minha...

Julieta — Padre meu, que não sabes que há, quando menos, uma cousa imortal, que é o meu amor, e ainda outra, que é o incomparável Romeu. Olha bem para ele; vê se há aqui um soldado de Xerxes. Não, não, não. Viva o meu amado, que não estava no Helesponto, nem escutou os desvarios dos ventos noturnos, como este frade, que é a um tempo amigo e inimigo. Sê só amigo, e casa-nos. Casa-nos onde quiseres, aqui ou além, diante das velas ou debaixo das estrelas, sejam elas de ironia ou de piedade; mas casa-nos, casa-nos, casa-nos...

— Não há outro alvitre, é isto mesmo.
(PÁGINAS RECOLHIDAS — Papéis velhos, página 82)

PAPÉIS VELHOS

Brotero é deputado. Entrou agora mesmo em casa, às duas horas da noite, agitado, sombrio, respondendo mal ao moleque, que lhe pergunta se quer isto ou aquilo, e ordenando-lhe, finalmente, que o deixe só. Uma vez só, despe-se, enfia um chambre e vai estirar-se no canapé do gabinete, com os olhos no teto e o charuto na boca. Não pensa tranqüilamente; resmunga e estremece. Ao cabo de algum tempo senta-se; logo depois levanta-se, vai a uma janela, passeia, pára no meio da sala, batendo com o pé no chão; enfim resolve ir dormir, entra no quarto, despe-se, mete-se na cama, rola inutilmente de um lado para outro, torna a vestir-se e volta para o gabinete.

Mal se sentou outra vez no canapé, bateram três horas no relógio da casa. O silêncio era profundo; e, como a divergência dos relógios é o princípio fundamental da relojoaria, começaram todos os relógios da vizinhança a bater, com intervalos desiguais, uma, duas, três horas. Quando o espírito padece, a cousa mais indiferente do mundo traz uma intenção recôndita, um propósito do destino. Brotero começou a sentir esse outro gênero de mortificação. As três pancadas secas, cortando o silêncio da noite, pareciam-lhe as vozes do próprio tempo, que lhe bradava: Vai dormir. Enfim, cessaram; e ele pôde ruminar, resolver, e levantar-se, bradando:

— Não há outro alvitre, é isto mesmo.

Dito isso, foi à secretária, pegou da pena e de uma folha de papel, e escreveu esta carta ao presidente do conselho de ministros:

"Excelentíssimo senhor,

"Há de parecer estranho a V. Exª tudo o que vou dizer neste papel; mas, por mais estranho que lhe pareça, e a mim também, há situações tão extraordinárias que só comportam soluções extraordinárias. Não quero desabafar nas esquinas, na Rua do Ouvidor, ou nos corredores da câmara. Também não quero manifestar-me na tribuna, amanhã ou depois, quando V. Exª for apresentar o programa do seu ministério; seria digno, mas seria aceitar a cumplicidade de uma ordem de cousas, que inteiramente repudio. Tenho um só alvitre: renunciar à cadeira de deputado e voltar à vida íntima.

"Não sei se, ainda assim, V. Exª me chamará despeitado. Se o fizer, creio que terá razão. Mas rogo-lhe que advirta que há duas qualidades de despeito, e o meu é da melhor.

"Não pense V. Exª que recuo diante de certas deputações influentes, nem que me senti ferido pelas intrigas do A... e por tudo o que fez o B... para meter o C... no ministério. Tudo isso são cousas mínimas. A questão para mim é de lealdade, já não digo política, mas pessoal; a questão é com V. Exª. Foi V. Exª que me obrigou a romper com o ministério dissolvido, mais cedo do que era minha intenção, e, talvez, mais cedo do que convinha ao partido. Foi V. Exª que, uma vez, em casa do Z..., me disse, a uma janela, que os meus estudos de questões diplomáticas me indicavam naturalmente a pasta de estrangeiros. Há de lembrar-se que lhe respondi então ser para mim indiferente subir ao ministério, uma vez que servisse ao meu país. V. Exª replicou: — É muito bonito, mas os bons talentos querem-se no ministério.

"Na câmara, já pela posição que fui adquirindo, já pelas distinções especiais de que era objeto, dizia-se, acreditava-se que eu seria ministro na primeira ocasião; e, ao ser chamado V. Exª ontem para organizar o novo gabinete, não se jurou outra cousa. As combinações variavam, mas o meu nome figurava em todas elas. É que ninguém ignorava as finezas de V. Exª para comigo, os bilhetes em que me louvava, os seus reiterados convites, etc. Confesso a V. Exª que acompanhei a opinião geral.

"A opinião enganou-se, eu enganei-me; o ministério está organizado sem mim. Considero esta exclusão um desdouro

irreparável, e determinei deixar a cadeira de deputado a algum mais capaz, e, principalmente, mais dócil. Não será difícil a V. Exª achá-lo entre os seus numerosos admiradores. Sou, com elevada estima e consideração,
"De V. Exª desobrigado amigo,
BROTERO."

Os verdadeiros políticos dirão que esta carta é só verossímil no despeito, e inverossímil na resolução. Mas os verdadeiros políticos ignoram duas cousas, penso eu. Ignoram Boileau, que nos adverte da possível inverossimilhança da verdade, em matérias de arte, e a política, segundo a definiu um padre da nossa língua, é a arte das artes; e ignoram que um outro golpe feria a alma do Brotero naquela ocasião. Se a exclusão do ministério não bastava a explicar a renúncia da cadeira, outra perda a ajudava. Já têm notícia do desastre político; sabem que houve crise ministerial, que o conselheiro *** recebeu do Imperador o encargo de organizar um gabinete, e que a diligência de um certo B... conseguiu meter nele um certo C... A pasta deste foi justamente a de estrangeiros; e o fim secreto da diligência era dar um lugar na galeria do Estado à viúva Pedroso. Esta senhora, não menos gentil que abastada, elegera dias antes para seu marido o recente ministro. Tudo isso iria menos mal, se o Brotero não cobiçasse ambas as fortunas, a pasta e a viúva; mas, cobiçá-las, cortejá-las e perdê-las, sem que ao menos uma viesse consolá-lo da perda da outra, digam-me francamente se não era bastante a explicar a renúncia do nosso amigo?

Brotero releu a carta, dobrou-a, encapou-a, sobrescritou-a; depois atirou-a a um lado, para remetê-la no dia seguinte. O destino lançara os dados. César transpunha o Rubicon, mas em sentido inverso. Que fique Roma com os seus novos cônsules e patrícias ricas e volúveis! Ele volve à região dos obscuros; não quer gastar o aço em pelejas de aparato, sem utilidade nem grandeza. Reclinou-se na cadeira e fechou o rosto na mão. Tinha os olhos vermelhos quando se levantou; e levantou-se, porque ouviu bater quatro horas, e recomeçar a procissão dos relógios, a cruel e implicante monotonia das pêndulas. Uma, duas, três, quatro...

Não tinha sono; não tentou sequer meter-se na cama. Entrou a andar de um lado para outro, passeando, planeando, relembrando. De memória em memória, reconstruiu as ilusões de outro tempo, comparou-as com as sensações de hoje, e achou-se roubado. Voluptuoso até na dor, mirou afincadamente essas ilusões perdidas, como uma velha contempla as suas fotografias da mocidade. Lembrou-se de um amigo que lhe dizia que, em todas as dificuldades da vida, olhasse para o futuro. Que futuro? Ele não via nada. E foi-se achegando da secretária, onde tinha guardadas as cartas dos amigos, dos amores, dos correligionários políticos, todas as cartas. Já agora não podia conciliar o sono; ia reler esses papéis velhos. Não se relêem livros antigos?

Abriu a gaveta; tirou dois ou três maços e desatou-os. Muitas das cartas estavam encardidas do tempo. Posto nem todos os signatários houvessem morrido, o aspecto geral era de cemitério; donde se pode inferir que, em certo sentido, estavam mortos e enterrados. E ele começou a relê-las, uma a uma, as de dez páginas e os simples bilhetes, mergulhando nesse mar morto de recordações apagadas, negócios pessoais ou públicos, um espetáculo, um baile, dinheiro emprestado, uma intriga, um livro novo, um discurso, uma tolice, uma confidência amorosa. Uma das cartas, assinada Vasconcelos, fê-lo estremecer:

"A L...a, dizia a carta, chegou a S. Paulo, anteontem. Custou-me muito e muito obter as tuas cartas; mas alcancei-as, e daqui a uma semana estarão contigo; levo-as eu mesmo. Quanto ao que me dizes na tua de H..., estimo que tenhas perdido a tal idéia fúnebre; era um despropósito. Conversaremos à vista."

Esse simples trecho trouxe-lhe uma penca de lembranças. Brotero atirou-se a ler todas as cartas do Vasconcelos. Era um companheiro dos primeiros anos, que naquele tempo cursava a academia, e agora estava de presidente no Piauí. Uma das cartas, muito anterior àquela, dizia-lhe:

"Com que então a L...a, agarrou-te deveras? Não faz mal; é boa moça e sossegada. E bonita, maganão! Quanto ao que me dizes do Chico Sousa, não acho que devas ter nenhum escrúpulo; vocês não são amigos; dão-se. E depois, não há adultério. Ele devia saber que quem edifica em terreno devoluto..."

Treze dias depois:

"Está bom, retiro a expressão *terreno devoluto*; direi terreno que, por direito divino, humano e diabólico, pertence ao meu amigo Brotero. Estás satisfeito?"

Outra, no fim de duas semanas:

"Dou-te a minha palavra de honra que não há no que disse a menor falta de respeito aos teus sentimentos; gracejei, por supor que a tua paixão não era tão séria. O dito por não dito. Custa pouco mudar de estilo, e custa muito perder um amigo, como tu..."

Quatro ou cinco cartas referiam-se às suas efusões amorosas. Nesse intervalo, o Chico Sousa farejou a aventura e deixou a L...a; e o nosso amigo narrou o lance ao Vasconcelos, contente de a possuir sozinho. O Vasconcelos felicitou-o, mas fez-lhe um reparo:

"...Acho-te exigente e transcendente. A cousa mais natural do mundo é que essa moça, perdendo um homem a quem devia atenções e que lhe dera certo relevo, recebesse com alguma dor o golpe. Saudade, infidelidade, dizes tu. Realmente, é demais. Isso não prova senão que ela sabe ser grata aos benefícios recebidos. Quanto à ordem que lhe deste de não ficar com um só traste, uma só cadeira, um pente, nada do que foi do outro, acho que não a entendi bem. Dizes-me que o fizeste por um sentimento de dignidade; acredito. Mas não será também um pouco de ciúme retrospectivo? Creio que sim. Se a saudade é uma infidelidade, o leque é um beijo; e tu não queres beijos nem saudades em casa. São maneiras de ver..."

Brotero ia assim relendo a aventura, um capítulo inteiro da vida, não muito longo, é verdade, mas cálido e vivo. As cartas abrangiam um período de dez meses; desde o sexto mês começaram os arrufos, as crises, as ameaças de separação. Ele era ciumento; ela professava o aforismo de que o ciúme significa falta de confiança; chegava mesmo a repetir esta sentença vulgar e enigmática: "zelos, sim, ciúmes, nunca". E dava de ombros, quando o amante mostrava uma suspeita qualquer, ou lhe fazia alguma exigência. Então ele excedia-se; e aí vinham as cenas de irritação, de reproches, de ameaças, e por fim de lágrimas. Brotero às vezes deixava a casa, jurando não voltar mais; e voltava logo no dia seguinte, contrito e manso. Vasconcelos reprimia-o de longe; e, em relação às deixadas e tornadas, dizia-lhe uma vez: "Má política, Brotero; ou lê o livro até o fim, ou fecha-o de uma vez; abri-lo e fechá-lo, fechá-lo e abri-lo, é mau, porque traz sempre a necessidade de reler o capítulo anterior para ligar o sentido, e livros relidos são livros eternos." A isto respondia o Brotero que sim, que ele tinha razão, que ia emendar-se de uma vez, tanto mais que agora viviam como os anjos no céu.

Os anjos dissolveram a sociedade. Parece que o anjo L...a, exausto da perpétua antífona, ouviu cantar Dáfnis e Cloé, cá em baixo, e desceu a ver o que é que podiam dizer tão melodiosamente as duas criaturas. Dáfnis vestia então uma casaca e uma comenda, administrava um banco, e pintava-se; o anjo repetiu-lhe a lição de Cloé; adivinha-se o resto. As cartas de Vasconcelos neste período eram de consolação e filosofia. Brotero lembrou-se de tudo o que padeceu, das imprudências que praticou, dos desvarios que lhe trouxe aquela evasão de uma mulher, que realmente o tinha nas mãos. Tudo empregara para reavê-la e tudo falhara. Quis ver as cartas que lhe escreveu por esse tempo, e que o Vasconcelos, mais tarde, pôde alcançar dela em São Paulo, e foi à gaveta onde as guardara com as outras. Era um maço atado com fita preta. Brotero sorriu da fita preta; deslaçou o maço e abriu as cartas. Não saltou nada, data ou vírgula; leu tudo, explicações, imprecações, súplicas, promessas de amor e paz, uma fraseologia incoerente e humilhante. Nada faltava a essas cartas; lá estava o infinito, o abismo, o eterno. Um dos *eternos*, escrito na dobra do papel, não se chegava a ler, mas supunha-se. A frase era esta :"Um só minuto do teu amor, e estou pronto a padecer um suplício et..." Uma traça bifara o resto da palavra; comeu o *eterno* e deixou o *minuto*. Não se pode saber a que atribuir essa preferência, se à voracidade, se à filosofia das traças. A primeira causa é mais provável; ninguém ignora que as traças comem muito.

A última carta falava de suicídio. Brotero, ao reler esse tópico, sentiu uma cousa indefinível; chamemos-lhe o "calafrio do ridículo evitado". Realmente se ele se houvesse eliminado, não teria o presente desgosto político e pessoal; mas o que não diriam dele nos pasmatórios da Rua do Ouvidor, nas conversações à mesa? Viria tudo à rua, viria mais alguma cousa; chamar-lhe-iam frouxo, insensato, libidinoso, e depois falariam de outro assunto, uma ópera, por exemplo.

— Uma, duas, três, quatro, cinco, principiaram a dizer os relógios.

Brotero recolheu as cartas, fechou-as uma a uma, emaçou-as, atou-as e meteu-as na gaveta. Enquanto fazia esse trabalho, e ainda alguns minutos depois, deu-se a um esforço interessante: reaver a sensação perdida. Tinha recomposto mentalmente o episódio, queria agora recompô-lo cordialmente; e o fim não era outro senão cotejar o efeito e a causa, e saber se a idéia do suicídio tinha sido um produto natural da crise. Logicamente, assim era; mas Brotero não queria julgar através do raciocínio e sim da sensação.

Imaginai um soldado a quem uma bala levasse o nariz, e que, acabada a batalha, fosse procurar no campo o desgraçado apêndice. Suponhamos que o acha entre um grupo de braços e pernas; pega dele, levanta-o entre os dedos, — mira-o, examina-o, é o seu próprio... Mas é um nariz ou um cadáver de nariz? Se o dono lhe puser diante os mais finos perfumes da Arábia, receberá em si mesmo a sensação do aroma? Não: esse cadáver de nariz nunca mais lhe transmitirá nenhum cheiro bom ou mau; pode levá-lo para casa, preservá-lo, embalsamá-lo; é o mesmo. A própria ação de assoar o nariz, embora ele a veja e compreenda nos outros, nunca mais há de podê-la compreender em si, não chegará a reconhecer que efeito lhe causava o contato da ponta do nariz com o lenço. Racionalmente, sabe o que é; sensorialmente, não saberá mais nada.

— Nunca mais? pensou o Brotero... Nunca mais poderei...

Não podendo obter a sensação extinta, cogitou se não aconteceria o mesmo à sensação presente, isto é, se a crise política e pessoal, tão dura de roer agora, não teria algum dia tanto valor como os velhos diários, em que se houvesse dado a notícia do novo gabinete e do casamento da viúva. Brotero acreditou que sim. Já então a arraiada vinha clareando o céu. Brotero ergueu-se; pegou da carta que escrevera ao presidente do conselho, e chegou-a à vela; mas recuou a tempo.

— Não, disse ele consigo; juntemo-la aos outros papéis velhos; inda há de ser um nariz cortado.

A ESTÁTUA DE JOSÉ DE ALENCAR

Discurso proferido na cerimônia do lançamento da primeira pedra da estátua de José de Alencar.

Senhores,

Tenho ainda presente a essa em que, por algumas horas últimas, pousou o corpo de José de Alencar. Creio que jamais o espetáculo da morte me fez tão singular impressão. Quando entrei na adolescência, fulgiam os primeiros raios daquele grande engenho; vi-os depois em tanta cópia e com tal esplendor que eram já um sol, quando entrei na mocidade. Gonçalves Dias e os homens do seu tempo estavam feitos; Álvares de Azevedo, cujo livro era a *boa-nova* dos poetas, falecera antes de revelado ao mundo. Todos eles influíam profundamente no ânimo juvenil que apenas balbuciava alguma cousa; mas a ação crescente de Alencar dominava as outras. A sensação que recebi no primeiro encontro pessoal com ele foi extraordinária; creio ainda agora que não lhe disse nada, contentando-me de fitá-lo com os olhos assombrados do menino Heine ao ver passar Napoleão. A fascinação não diminuiu com o trato do homem e do artista. Daí o espanto da morte. Não podia crer que o autor de tanta vida estivesse ali, dentro de um féretro, mudo e inábil por todos os tempos dos tempos. Mas o mistério e a realidade impunham-se; não havia mais que enterrá-lo e ir conversá-lo em seus livros.

Hoje, senhores, assistimos ao início de outro monumento, este agora de vida, destinado a dar à cidade, à pátria e ao mundo a imagem daquele que um dia acompanhamos ao cemitério. Volveram anos; volveram cousas; mas a consciência humana diz-nos que, no meio das obras e dos tempos fugidios, subsiste a flor da poesia, ao passo que a consciência nacional nos mostra na pessoa do grande escritor o robusto e vivaz representante da literatura brasileira.

Não é aqui o lugar adequado à narração da carreira do autor de *Iracema*. Todos vós sabeis que foi rápida, brilhante e cheia; podemos dizer que ele saiu da Academia para a celebridade. Quem o lê agora, em dias e horas de escolha, e nos livros que mais lhe aprazem, não tem idéia da fecundidade extraordinária que revelou tão depressa entrou na vida. Desde logo pôs mãos à crônica, ao romance, à crítica e ao teatro, dando a todas essas formas do pensamento um cunho particular e desconhecido. No romance, que foi a sua forma por excelência, a primeira narrativa, curta e simples, mal se espaçou da segunda e da terceira. Em três saltos estava o *Guarani* diante de nós; e daí veio a sucessão crescente de força, de esplendor, de variedade. O espírito de Alencar percorreu as diversas partes de nossa terra, o norte e o sul, a cidade e o sertão, a mata e o pampa, fixando-as em suas páginas, compondo assim com as diferenças da vida, das zonas e dos tempos a unidade nacional da sua obra.

Nenhum escritor teve em mais alto grau a alma brasileira. E não é só porque houvesse tratado assuntos nossos. Há um modo de ver e de sentir, que dá a nota íntima da nacionalidade, independente da face externa das cousas. O mais francês dos trágicos franceses é Racine, que só fez falar a antigos. Schiller é sempre alemão, quando recompõe Filipe II e Joana d'Arc. O nosso Alencar juntava a esse dom a natureza dos assuntos, tirados da vida ambiente e da história local. Outros o fizeram também; mas a expressão do seu gênio era mais vigorosa e mais íntima. A imaginação, que sobrepujava nele o espírito de análise, dava a tudo o calor dos trópicos e as galas viçosas de nossa terra. O talento descritivo, a riqueza, o mimo e a originalidade do estilo completavam a sua fisionomia literária.

Não lembro aqui as letras políticas, os dias de governo e de tribuna. Toda essa parte de Alencar fica para a biografia. A glória contenta-se da outra parte. A política era incompatível com ele, alma solitária. A disciplina dos partidos e a natural sujeição dos homens às necessidades e interesses comuns não podiam ser aceitas a um espírito que, em outra esfera, dispunha da soberania e da liberdade. Primeiro em Atenas, era-lhe difícil ser segundo ou terceiro em Roma. Quando um ilustre homem de Estado, respondendo a Alencar, já então apeado do Governo, comparou a carreira política à do soldado, que tem de passar pelos serviços ínfimos e ganhar os postos gradualmente, dando-se a si mesmo como exemplo dessa lei, usou de uma imagem feliz e verdadeira, mas ininteligível para o autor das *Minas de Prata*. Um ponto há que notar, entretanto, naquele curto estádio político. O autor do *Gaúcho* carecia das qualidades necessárias à tribuna, mas quis ser orador, e foi orador. Sabemos que se bateu galhardamente com muitas das primeiras vozes do parlamento.

Desenganado dos homens e das cousas, Alencar volveu de todo às suas queridas letras. As letras são boas amigas; não lhe fizeram esquecer inteiramente as amarguras, é certo; senti-lhe mais de uma vez a alma enojada e abatida. Mas a arte, que é a liberdade, era a força medicatriz do seu espírito. Enquanto a imaginação inventava, compunha e polia novas obras, a contemplação mental ia vencendo as tristezas do coração, e o misantropo amava os homens.

Agora que os anos vão passando sobre o óbito do escritor, é justo perpetuá-lo, pela mão do nosso ilustre estatuário nacional. Concluindo o livro de Iracema, escreveu Alencar esta palavra melancólica: "A jandaia cantava ainda no olho do coqueiro, mas não repetia já o mavioso nome de *Iracema*. Tudo passa sobre a terra." Senhores, a filosofia do livro não podia ser outra, mas a posteridade é aquela jandaia que não deixa o coqueiro, e que, ao contrário da que emudeceu na novela, repete e repetirá o nome da linda tabajara e do seu imortal autor. Nem tudo passa sobre a terra.

HENRIQUETA RENAN

Um espartano, convidado a ouvir alguém que imitava o canto do rouxinol, respondeu friamente: Já ouvi o rouxinol. O mesmo dirás tu, se leste *Henriqueta Renan,* a quem quer que se proponha falar desta senhora que tamanha influência teve no autor da *Vida de Jesus.* A diferença é que aqui ninguém te convida a ver imitar o inimitável. Renan é o próprio rouxinol; ninguém poderá dizer nada depois do estilo incomparável e da grande emoção daquelas páginas. Assim é que não venho contar o que leste ou podes ler nessa língua única, mas trazer somente, com os subsídios posteriores, um esboço da amiga pia e discreta, inteligência fina e culta, vontade forte e longa, capaz de esforços grandes para cumprir deveres altos, ainda que obscuros. Os renanistas da nossa terra são como todos os devotos de um espírito eminente, não lhe amam só os livros e atos públicos, mas tudo o que a ele se refere, seja gozo íntimo ou tristeza particular. De um sei eu, que talvez por vir também do seminário, é o mais absoluto de todos. Esse, se estivesse agora na antiga Biblos, iria até à aldeia de Amschit, onde descansam os restos da irmã querida do mestre. Sentar-se-ia ao pé das palmeiras para evocar a sombra daquela nobre criatura. A memória lhe traria novamente os passos de uma vida feita de sacrifício e de trabalho, começada em uma cidadezinha da Bretanha, continuada em Paris, na Polônia e na Itália, e acabada no recanto modesto de um pedaço da Ásia.

A vida de Henriqueta Renan completa-se pelas cartas trocadas entre os dois irmãos, ela nos confins da Polônia, ele na província e em Paris. Destas me servirei principalmente.

Nem tudo passa sobre a terra.
(PÁGINAS RECOLHIDAS — A estátua de José de Alencar, página 95)

A impressão original do opúsculo de Renan, feita em 1862, não foi divulgada: cem exemplares bastaram para recordar Henriqueta às pessoas que a tinham conhecido. No prólogo dos *Souvenirs d'enfance et de jeunesse*, Renan declara que não queria profanar a memória da irmã juntando aquele opúsculo a este livro. "Inserindo essas páginas em um volume posto à venda, andaria tão mal como se levasse o retrato dela a um leilão." Não obstante, autorizou a reimpressão depois dele morto. A reimpressão fez-se integralmente em 1895, trazendo os retratos de ambos. Não imagines, se não viste o dela, que é uma formosa criatura moça. Aos dezenove anos, segundo o irmão, fora em extremo graciosa, de olhos meigos e mãos finíssimas. O retrato representa uma senhora idosa, com a sua touca de folhos, atada debaixo do queixo, um vestido sem feitio; mas a doçura que ele tanto louva lá se lhe vê na gravura, cópia da fotografia. Conta o próprio irmão que, em 1850, voltando da Polônia, Henriqueta estava inteiramente mudada; trazia as rugas da velhice prematura, "não lhe restando da graça antiga mais que a deleitosa expressão de sua inefável bondade".

Camões, mestre em figuras poéticas, disse do filho de Sêmele, que era nascido de duas mães, — e não dá o próprio nome de Baco senão por alusão àquele que traz a perpétua mocidade no rosto. De Renan, eterno moço, se pode dizer igual cousa; mas aqui a imagem pagã e graciosa, não menos que atrevida, é uma austera e doce verdade. Henriqueta, mais velha que ele doze anos, dividiu com a mãe de ambos a maternidade do irmãozinho. "Uma das tuas mães", escreve-lhe ela em 28 de fevereiro de 1845, dia em que ele fazia vinte e dois anos. Já antes (carta de 30 de outubro de 1842) havia-lhe dito que era seu filho de adoção. Os primeiros tempos da infância de Ernesto são deliciosos sem alegria, unicamente pela afeição recíproca, pela docilidade daquela moça, que deixava de ir ter com as amigas, para não afligir o pequeno que a queria só para si. Henriqueta é que o leva à igreja, agasalhadinho em sua capa, quando era inverno. Um dia, como o visse disfarçar envergonhado o casaquinho surrado pelo uso, não pôde reter as lágrimas. Já então haviam perdido o pai, — náufrago ou suicida, — que não deixara de si mais que dívidas e saudades. Um mês inteiro gastaram a esperar alguma notícia ou o cadáver. Parece que esses dramas são comuns na costa bretã; lembrai-vos do pescador da Islândia[12] e das angústias da pobre Gaud, à espera que voltem Yann e o seu barco, e vendo que todos voltam, menos eles.

— Já vieram todos os de Tréguier e Saint-Brieuc, diz à pobre Gaud uma das mulheres que também iam esperar à praia.

Tréguier é justamente a cidadezinha em que nasceu Renan. O navio do pai voltou, ao invés da *Léopoldine* de Yann, mas voltou sem o dono, e só depois de longos dias é que o cadáver foi arrojado à praia entre Saint-Brieuc e o cabo Fréhel. Os pormenores e o quadro são outros; da invenção de Loti resultou um livro; da realidade de 1828 nasceu e cresceu a nobre figura de Henriqueta. Ela enfrentou com o trabalho, disposta a resgatar as dívidas do pai e acudir às necessidades da família. Rejeitou um casamento rico, unicamente pela condição que trazia de deixar os seus. Abriu uma escola, mas foi obrigada a fechá-la, e pouco depois aceitou emprego em uma pensão de meninas em Paris. Renan diz que as suas estréias na capital foram horríveis, e pinta o contraste da provinciana, e particularmente da bretã, com aquele mundo novo para ela, feito de "sequidão, de frieza e de charlatanismo". Henriqueta aceitou a direção de outro colégio, onde trabalhou descomunalmente sem prosperidade, mas onde fez crescer a sua própria instrução, que chegou a ser excepcional; é a palavra do irmão. Este viera então a Paris, a chamado dela, para entrar no seminário dirigido por Dupanloup, e continuar os estudos começados em um colégio de padres da cidade natal: era em 1838. Dois anos depois, não podendo tirar da vida de mestra em Paris os meios necessários para liquidar as dívidas do pai, contratou Henriqueta os seus serviços de professora em casa de uma família polaca, e começou novo exílio, mais longo (dez anos) e mais remoto, em um castelo da Polônia, a sessenta léguas de Varsóvia.

Aqui entra naturalmente a correspondência (*Lettres intimes*), publicada agora em volume, uma coleção que vai de 1842 a 1845. Há outras cartas (1845-1848), dadas mais recentemente em uma revista francesa; não as li. A correspondência que tenho à vista mostra, ainda melhor que a narração de Renan, o sentimento raro, a afeição profunda, e a dedicação sem aparato daquela boa e grave Henriqueta. As cartas desta senhora são a sua própria alma. Escrevem-se muitas para o prelo, alguma para a posteridade; nenhum desses destinos podia atraí-la. Fala do irmão ao irmão. Raro trata de si, e quando o faz é para completar um conselho ou uma reflexão. Também não conta o que se passa em torno dela. Conquanto a vida fosse solitária, algum incidente interior, alguma observação do meio em que estava, podia cair no papel, por desabafo sequer, não digo por malícia; nada disso. Uma vez falará de dinheiro pedido ao pai das educandas, para explicar a demora de uma remessa. Outra vez, em poucas linhas, dirá do campônio polaco, que é o mais pobre e embrutecido que se possa imaginar, e notará os excessos de fanatismo e de ódio religioso entre os judeus que enchem as cidades e os cristãos, e entre os próprios dissidentes do cristianismo. Pouco mais dirá na longa correspondência de quatro anos. A distância era tamanha que não dava tempo a desperdiçar papel com assunto alheio. Todo ele é pouco para tratar somente do irmão. Henriqueta aperta as linhas e as letras, aproveita as margens das folhas para não acabar de lhe falar. "Custa-me deixar-te", conclui a primeira carta impressa. Era inútil dizê-lo; todas as seguintes fazem sentir que mui dificilmente Henriqueta suspende a mão do papel. São verdadeiramente cartas íntimas, medrosas de aparecer, receiosas de violação. Desde logo revelam a força do afeto e a gravidade do espírito. Nenhum floreio de retórica, nenhum arrebique de sabichona, mais um alinho natural, muita simpleza de arte, fino estilo e comoção sincera. As expressões de ternura são intensas e abundantes. Meu filho, meu amado, meu querido, meu bom e mil vezes querido, são umas de tantas palavras inspiradas por um amor único.

Henriqueta Renan é melancólica. Segundo o irmão, herdou essa disposição do pai; a mãe era vivaz e alegre. A tristeza, em verdade, ressumbra das suas cartas. O meio em que vive era apropriado a agravar essa inclinação de nascença. Nem o interior do castelo nem as temporadas de Varsóvia podiam trazer-lhe a alegria que não vinha dela. Querendo dar idéia da terra em que habita, fala de "imensas e monótonas planícies de areia que fariam pensar na Arábia ou na África, se intermináveis pinhais, interrompendo-as, não viessem lembrar a vizinhança do norte". Junta a isso a estranheza das gentes, as saudades dos seus, maiores que as da terra natal; não esqueças a distância no espaço, que é enorme, e no tempo que parece infinito, e compreenderás que em toda a correspondência de Henriqueta não haja o reflexo de um sorriso. O sentimento que tem da vida, aos trinta anos, aqui o dá ela ao irmão, uma vez que fala de o ver feliz: "Feliz! Quem é feliz nesta terra de dores e desassossegos? E, sem contar os lances da sorte e as ações dos homens, não é certo que em nosso coração há uma fonte perene de agitações e de misérias?" Entretanto, a melancolia de Henriqueta não lhe abate as forças, não é daquela espécie que faz da alma uma simples espectadora da vida. Henriqueta não se contenta de gemer; a queixa não parece que seja a sua voz natural. Aconselha ao irmão que lute e que conte com ela para ajudá-lo. Exorta-o a ser homem. Um dia, achando-lhe resolução, louva a força de vontade, "sem a qual não passamos de criançolas". Henriqueta tira do sentimento do dever, não menos que do amor, a energia necessária para amparar Renan, primeiro nas dúvidas, depois nos estudos e na carreira nova.

Há um ponto na narrativa de Renan, que as cartas de Henriqueta completam e explicam: é o que se refere aos laços de afeição e estima existentes entre ela e a família do conde Zamosky com quem contratara os seus serviços de preceptora; tais laços que lhe faziam esquecer a tristeza da posição e o rigor do clima. As cartas de Henriqueta não deixam tão simples impressão. Se a queixa não parece ser a sua voz natural, alguma vez, como na carta de 12 de março de 1843, referindo-se às faculdades de cada um, e à liberdade interior, confessa que só com grande luta se consegue fazer crer *àqueles que pagam* que há coisas[13] de que só se dão contas a Deus e à consciência. Foi nessa mesma carta que falou do dinheiro pedido ao pai das educandas, a que aludi acima; era para mandá-lo à mãe, e não conhecia outra pessoa. O conde demorou-se em satisfazê-la, por fim ausentou-se e ainda não voltara "sem má intenção" acrescenta; o que não a impede de exclamar: "Deus meu! Por que é que os grandes não pensam naqueles que só têm o fruto do seu trabalho, e que este lhes é preciso receber regularmente!" E conclui com esta máxima, que porventura resgatará o que achares banal naquela exclamação: "É que o homem não pode compreender senão as penas que já padeceu; tudo o mais não existe para ele." Noutro lugar, respondendo a um reparo do irmão, concorda que a vida para muitos é passada no meio de pessoas com quem só há relações de fria polidez, e "nem tu nem eu somos desses a quem tais relações bastem". Uma organização dessas poderia conquistar a estima da família, e mui provavelmente a afeição das educandas, mas não esquecia tão de leve a tristeza do ofício nem a aspereza dos ares. Henriqueta ia de um lado para outro sem levar saudades; é que tudo lhe era estranho no campo e na cidade, e bem pode ser que quase tudo lhe fosse aborrecido. A paixão grande e real estava fora dali. Assim se explicam os dez anos de exílio para concluir a obra contratada com outros e com a sua consciência.

Durante metade desse prazo, Renan freqüentou os seminários de Issy e de Saint-Sulpice. Daquele, aliás dependência deste, data a primeira carta da coleção respondendo a outra da irmã, que não vem nela. Conquanto o livro dos *Souvenirs* nos conte abreviadamente a estada em ambos os seminários, é certo que melhor se sentem na correspondência as hesitações e dúvidas do autor da *Vida de Jesus* em relação à carreira eclesiástica e ao próprio fundador da igreja. As cartas acompanham o movimento psicológico do homem, fazem-nos assistir às alterações de um espírito destinado pela família ao serviço do altar e à glória católica ao mesmo tempo que nos mostram a influência de Henriqueta na alma do seu querido Ernesto. "Minha irmã (*Souvenirs*), cuja razão era desde anos como a coluna luminosa caminhando ante mim, animava-me do fundo da Polônia com suas cartas cheias de bom-senso." Não há propriamente iniciativa ou tentação da parte dela. É certo que nunca desejou vê-lo padre; assim o declara mais tarde (28 de fevereiro de 1845), quando as confissões de Renan estão quase todas feitas; diz-lhe então que previra as dúvidas que ora o assediam, e acrescenta que ninguém a quis ouvir, e não podia resistir, sozinha. Mas então, como antes, como depois, a arte que emprega é tal que antes parece ir ao encontro dos novos sentimentos do irmão que sugerir-lhos. A este respeito as duas cartas de 15 de setembro e 30 de outubro de 1842 são cheias de interesse. Renan conta naquela os efeitos do primeiro ano de filosofia e matemáticas. A primeira destas disciplinas fá-lo julgar as cousas de modo diverso que antes, e troca-lhe uma porção de supostas verdades em erros e preconceitos; ensina a ver tudo e claro. Assim disposto à reflexão, e com o sossego e a liberdade de espírito que lhe dá o seminário, Renan pensou em si e no seu futuro. Fala demoradamente da influência que têm sobre este os atos iniciais da vida; não se arrepende dos seus, e, se tivesse de escolher novamente uma carreira, não escolheria outra senão a eclesiástica. Mas, em seguida, confessa os inconvenientes desta, que declara imensos; cousas há que meteram na cabeça do clero, e que jamais entrarão na dele; alude também à frivolidade, à duplicidade, ao caráter cortesão de alguns "seus futuros colegas", e finalmente à submissão a uma autoridade por vezes suspicaz, à qual não poderia obedecer. Tais inconvenientes encontrá-los-ia em qualquer carreira, e ainda maiores que esses, verdadeiras impossibilidades; louva o retiro, a independência, o estudo, e afirma a execração que tem à vida social com as suas futilidades. Não fala assim por zelo de devoção espiritual, diz ele... "Oh! não! é defeito que já não tenho; a filosofia é bom remédio para cortar excessos, e, se há nela que receiar, será antes uma violenta reação." Enfim, chega à conclusão inesperada em um seminarista: "Ainda que o cristianismo não passasse de um devaneio, o sacerdócio seria divino." Mais uma vez lastima que o sacerdócio seja exercido por pessoas que o rebaixam, e que o mundo superficial confunda o homem com o ministério; mas logo reduz isto a uma opinião, "e, graças a Deus, creio estar acima da opinião". Parece que esta palavra é definitiva? Não é; na parte seguinte e final da carta declara à irmã que continua a pensar naquele grave negócio a ver se [o] esclarece, e pede que não escreva à mãe sobre as suas hesitações.

Há duas explicações para esse vaivém de idéias e de impressões, — ou hesitação pura ou cálculo. Mas há uma terceira, que é talvez a única real. Creio juntamente na hesitação e no cálculo. Uma parte da alma de Renan vacila deveras entre a vida mundana, que lhe não oferece as delícias íntimas, e a vida eclesiástica, onde a condição terrena não corresponde muita vez ao seu ideal cristão. A outra parte calcula de modo que a confissão lhe não saia tão acentuada e decisiva que destoe do espírito geral do homem, e desminta a compostura do seminarista. Ao cabo, é já um esboço de renanismo. Entretanto, se examinarmos bem as duas tendências alternadas, veremos que a negação para a vida eclesiástica é mais forte que a outra; falta-lhe vocação. Também se sente que a dúvida relativamente ao dogma começa de ensombrar a alma do estudante de filosofia. Renan confessa a Henriqueta "gostar muito dos seus pensadores alemães, posto que um tanto cépticos e panteístas". Recomenda-lhe que, se for a Königsberg, faça por ele uma visita ao túmulo de Kant. O pedido de nada dizer à mãe, repetido em outras cartas, é porque a mãe conta vê-lo padre, e vive dessa esperança velha.

Que esses dous espíritos eram irmãos vê-se bem na carta que Henriqueta escreve a Renan, em 30 de outubro, respondendo à de 15 de setembro. Também ela, sem dizer francamente que não deseja vê-lo padre, sabe insinuá-lo; menos ainda que insinuá-lo, parece apenas repetir o que ele balbuciou. A carta dela tem a mesma ondulação que a dele. Henriqueta declara estremecer ao vê-lo tratar tão graves questões em idade geralmente descuidosa; entretanto, gosta que ele encare com seriedade o que outros fazem leviana ou apaixonadamente. Concorda que as estréias da vida influem no resto dela, e insinua que "às vezes de modo irreparável". Tem para si que ele não deve precipitar nada; não quer aconselhá-lo para que lhe fique a liberdade de escolha. Quando alude à vida retirada e independente, diz-se mais que ninguém capaz de entendê-lo; mas pergunta logo: onde encontrá-la? Crê que a raros caiba, e não pode esperar que o irmão a encontre numa sociedade hierárquica, onde já antevê a autoridade suspicaz. Também ela acha suspicaz a autoridade, mas acrescenta que o mesmo se dá com todas as profissões; e quando parece que esta fatalidade de caráter deva enfraquecer qualquer argumento contra o ministério eclesiástico, lembra interrogativamente o vínculo perpétuo do juramento. Quer que ele pense por si, que escolha por si, apela para a razão e a consciência do irmão. Insiste em lhe não dar conselhos; mas já lhe tem dito que, se uma parte do clero é pessoal e ambiciosa, ele, Renan, pode vir a ser a mesma cousa. A frase em que o diz é velada e cautelosa: "o número e o costume não levarão atrás de si a minoria e o dever?" Essa pergunta, todas as demais perguntas que lhe faz pela carta adiante, trazem o fim evidente de evocar uma idéia ou atenuar outra, e porventura criar-lhe novos casos e motivos de repugnância à milícia da Igreja. É uma série de sugestões e de esquivanças.

A diferença de um a outro espírito é que Henriqueta, insinuando as desvantagens que o irmão possa achar na carreira eclesiástica, entre palavras dúbias e alternação de pensamentos, aceitá-lo-ia sacerdote, senão com igual prazer, certamente com igual dedicação. Nem lhe quer impor o que julga melhor, nem lhe doerá a escolha do irmão, se for contrária aos seus sentimentos, uma vez que o faça feliz. Certo é, porém, que as preferências de Renan, que ora vemos a meio século de distância, à vista da carta impressa, ele mesmo as sentiria lendo a carta manuscrita. Com efeito, por mais que equilibre os sentimentos, Renan está inclinado à vida leiga. Não importa que a situação se prolongue por vinte meses. Em 1844, Renan comunica à irmã (16 de abril) que havia dado o primeiro passo na carreira eclesiástica. Hesitou até à última hora, e ainda assim não se decidiu senão porque o primeiro passo não era irrevogável; exprimia *a intenção atual.* Parte dessa epístola é destinada a explicar o ajuste entre o sentimento e o ato, entre o alcance deste e a liberdade efetiva. Não fazia mais que renunciar às frivolidades do mundo. A 11 de julho escreve-lhe que deu um passo mais na carreira, menos importante que o primeiro, sem vínculo novo, pelo que não lhe custou muito; é um complemento daquele, — um anexo, como lhe chama. O terceiro, o subdiaconato, é que seria definitivo, mas, como o prazo era longo, um ano mais tarde, a ansiedade era menor. Durante esse tempo, o seminarista entrega-se aos estudos hebraicos, às línguas orientais, e, mais tarde, à língua alemã. Pelos fins de 1844, é encarregado de lecionar hebreu, porque o professor efetivo não podia com os dous cursos; aceitou a posição, já pela vantagem científica que lhe trará, já "porque pode levá-lo a alguma cousa". Assim começara o então professor da Sorbona.

Três meses depois, a 11 de abril de 1845, escreve Renan a carta mais importante da situação. Resolveu não atar naquele ano o laço indissolúvel, o subdiaconato, e solta a palavra explicativa: não crê bastante para ser padre. Expõe assim, e mais longamente, o estado em que se acha ante o catolicismo e os seus dogmas, dos quais fala com respeito, proclamando que Jesus será sempre o seu Deus; mas, tendo procedido ao que chama "verificação racional do cristianismo", descobriu a verdade. Descobriu também um meio-termo, que exprime a natureza moral do futuro exegeta: o cristianismo não é falso, mas não é a verdade absoluta. Não repareis na contradição do seminarista, para quem o sacerdócio era divino, há vinte meses, ainda que o cristianismo fosse um devaneio, e agora encontra na meia verdade da igreja razão bastante para deixá-la. Ou reparai nela, com o único fim de entender a formação intelectual do homem. Contradição aqui é sinceridade.

Não há espanto da parte de Henriqueta, quando Renan lhe faz a confissão de 11 de abril. Tinha soletrado a alma dele, à medida que lhe recebia as letras, assim como tu e eu podemos lê-la agora de vez e integralmente. Também não há no primeiro momento nenhuma manifestação de alegria, que alguns possam dizer ímpia. A alma desta senhora conserva-se fundamentalmente religiosa, cheia daquela caridade do Evangelho que falava ao coração de Rousseau. Demais, além de conhecer o estado moral do irmão, foi ela própria que o aconselhou a adiar o subdiaconato. Não sabe, — pelo menos não lho contou ele nas cartas do volume, — não sabe da cena que ocorreu no seminário de Issy, muito antes da confissão de 11 de abril, que é datada de Saint-Sulpice. Foi após uma das argumentações latinas, que o professor Gottofrey, desconfiando das inclinações de Renan, em conversação particular, à noite, concluiu por estas palavras que o aterraram: "Vós não sois cristão!" (*Souvenirs*). Já antes disso sentia Renan em si mesmo a negação do espiritualismo; mas ele explica a conservação do cristianismo, apesar da concepção positiva de mundo que ia adquirindo "por ser moço, inconseqüente e falho de crítica" (*Souvenirs*). De resto, a confissão à irmã não foi única; escreveu por esse tempo outras cartas a vários, uma ao seu diretor, apenas designado por ***, em 6 de setembro de 1845, outra a um de seus companheiros, Cognat, que mais tarde tomou ordens, em 24 de agosto, ambas datadas da Bretanha. Henriqueta, ao que se pode supor, teve as primícias da confissão; foi para ela que ele rompeu, antes que para estranhos, os véus todos da incredulidade mal encoberta. Ficou entendido que ocultariam à mãe a resolução nova e última. Trataram dos meios de acudir à necessidade presente, se aceitar um lugar de preceptor na Alemanha, se adotar estudos livres; o fim era proceder de modo que a renúncia da carreira eclesiástica se fizesse cautelosamente sem dor para a mãe nem escândalo público. Há aqui uma divergência de datas em que não vale a pena insistir; segundo a carta de Renan de 13 de outubro de 1845, à irmã, foi na noite de 9 que ele deixou o seminário para ir morar na hospedaria próxima; segundo o livro dos *Souvenirs* foi a 6. *

A alma delicada de Henriqueta manifesta-se vivamente no que respeita ao dinheiro. Henriqueta custeia as despesas todas da vida e dos estudos do irmão. A vida deste, antes da saída do seminário, quase não passa dos livros; mas, depois da saída, é preciso alojamento e alimentação, é preciso que ele ande "vestido como toda a gente", e Henriqueta não esquece nada. Não esquecer é pouco; um coração daquele melindre tem cuidados que escapariam à previsão comum. "Espero de Varsóvia uma letra de câmbio de mil e quinhentos francos; mandá-la-ei a Paris a uma pessoa de confiança, *que acreditará que esta soma é só tua*..." Em que é que podia vexar ao irmão esse auxílio pecuniário? Henriqueta quer poupar-lhe até a som-

---

* É mais interessante citar uma coincidência. Na carta que Renan escreveu ao colega Cognat, datada de 12 de novembro de 1845, e na que escreveu à irmã em data de 13 de outubro, a narração da chegada e saída do seminário de Saint-Sulpice é feita com as mesmas palavras, pouco mais ou menos (Conf. *Lettres intimes,* e *Souvenirs,* apêndice). É mais que coincidência, é repetição de textos. O sentimento final é expresso em ambos os lugares com este mesmo suspiro: *"Que de liens, mon ami (ma bonne amie), rompus en quelques heures!"* ["Quantos laços, meu amigo (minha boa amiga), rompidos em algumas horas!"] [N. do A.]

bra de algum acanhamento. Conhecendo-lhe a nenhuma prática da vida, a absorção dos estudos, a mesma índole da pessoa, desce às minúcias derradeiras, ao modo de entrar na posse do valor da letra, por bimestre ou trimestre, segundo as necessidades; é o orçamento de um ano. Manda-lhe outras somas por intermédio do outro irmão, a quem incumbe também da tarefa de comprar a roupa em Saint-Malo, por conta dela; a razão é a inexperiência de Ernesto. Mas ainda aqui prevalece o respeito à liberdade; se este preferir comprá-la em Paris, Henriqueta recomenda que lhe seja entregue mais um tanto em dinheiro. Que te não enfadem estas particularidades, grave leitor amigo; aqui as tens ainda mais ínfimas. Henriqueta desce à indicação da cor e forma do vestuário, uma sobrecasaca escura, o resto preto, é o que lhe parece mais adequado. Ao pé disto não há falar de conselhos sobre hospedagens e tantas outras miudezas, intercaladas de expressões tão d'alma, que é como se víssemos uma jovem mãe ensinando o filhinho a dar os primeiros passos.

A influência de Henriqueta avulta com o tempo e as necessidades da carreira nova. O zelo cresce-lhe na mesma proporção. Pelo outro irmão, por uma amiga de Paris, Mlle. Ulliac, e pelas cartas, Henriqueta governa a vida de Renan, e não cuida mais que de lhe incutir confiança e de lhe abrir caminho. O que lhe escreve sobre o bacharelado, Escola Normal, estudo de línguas orientais e o resto é apoiado pela amiga. Uma e outra suscitam-lhe proteções e auxiliares de boa vontade. Renan faz daquela amiga da irmã excelente juízo; não o diz só nas cartas do tempo, mas ainda no opúsculo de 1862. Era uma senhora bela, virtuosa e instruída. Com grande arte, ao que parece, insinuou-lhe ela que lhe era preciso relacionar-se com alguma senhora boa e amável. "Ri-me, escreve Renan a Henriqueta, mas não por mofa." E confessando que não é bom que o homem esteja só, pergunta se alguém está só tendo uma irmã (carta de 31 de outubro de 1845). Henriqueta é-lhe necessária à vida moral e intelectual. De novembro em diante insta com a irmã para que volte da Polônia. A amiga falou-lhe da saúde de Henriqueta como estando muito alterada, e deu-lhe notícias que profundamente o afligiram; "desvendou-lhe o mistério" é a expressão dele. Foi na noite de 3 de novembro que

Mlle. Ulliac abriu os olhos a Renan, confiando-lhe que Henriqueta tivera grandes padecimentos, dos quais nem ele nem a mãe souberam nada. Não se deduz bem do texto se eram moléstias recentes, se antigas; sabe-se que eram caladas, e por isso ainda mais tocantes. As cartas do volume não passam de 25 de dezembro daquele ano; as instâncias repetem-se, um longo silêncio da irmã assusta o irmão; afinal vimos que ela só voltou da Polônia cinco anos depois, em 1850. Trazia uma laringite crônica. Tudo, porém, estava pago.

Os sacrifícios é que não estavam cumpridos. A vida desta senhora tinha de continuar com eles, e acabar por eles. O maior de todos foi o casamento do irmão. Quando Renan resolveu casar, Henriqueta recebeu um grande golpe e quis separar-se dele. Essa irmã e mãe tinha ciúmes de esposa. Renan quis desfazer o casamento; foi então que o coração de Henriqueta cedeu, e consentiu em vê-lo feliz com outra. A dor não morreu; o irmão confessa que o nascimento do seu primeiro filho é que lhe enxugou a ela todas as lágrimas, mas foi só dias antes de morrer que, por algumas palavras dela, reconheceu haver a ferida cicatrizado inteiramente. As palavras seriam talvez estas, transcritas no opúsculo: "Amei-te muito; cheguei a ser injusta, exclusiva, mas foi porque te amei como já se não ama, como talvez ninguém deva amar." Viveram juntos os três; juntos foram em 1860 para aquela missão da Fenícia, a que o imperador Napoleão convidou Renan. A esposa deste regressou pouco depois; Renan e Henriqueta continuaram a jornada de explorações e de estudos, durante a qual ela padeceu largamente, trabalhando longas horas por dia, curtindo violentas dores nevrálgicas, até contrair a febre perniciosa que a levou deste mundo. As páginas em que Renan conta a viagem, a doença e a morte de Henriqueta são das mais belas que lhe saíram das mãos. Morreu trabalhando; os últimos auxílios que prestou ao irmão foi copiar as laudas da *Vida de Jesus*, à medida que ele as ia escrevendo, em Gazhir.

Renan confessa que lhe deveu muito, não só na orientação das idéias, mas ainda em relação ao estilo, e explica por quê e de que maneira. Antes da missão da Fenícia trabalhavam juntos, em matéria de arte e de arqueologia; além disso, ela compunha trabalhos para jornais de educação; mas os seus melhores escritos diz ele que eram as cartas. Moralmente, tinham ambos alcançado as mesmas vistas e o mesmo sentimento; ainda aí porém reconhece Renan alguma superioridade nela. Que impressão final deixa a correspondência daqueles dois corações? O de Henriqueta, mais exclusivo, era também mais terno e o amor mais profundo. As cartas de Henriqueta são talvez únicas, como expressão de sentimento fraternal. Mais de uma vez lhe diz que a vida dele e a sua felicidade são o seu principal cuidado, e até único. Não temos aqui o que escreveu à mãe; mas não creio que a nota fosse mais forte, nem talvez tanto. Renan ama a irmã, é-lhe gratíssimo, ia-lhe sacrificando o consórcio; mas, enfim, pode amar outra mulher, e, feliz com ambas, viver dessas duas dedicações. Henriqueta, por mais que Renan nos afirme o contrário, tinha um fundo pessimista. Que amasse a vida, creio, mas por ele; se "podia sorrir a um enfeite, como se pode sorrir a uma flor", estava longe da inalterável bem-aventurança do irmão. O cepticismo otimista de Renan nunca seria entendido por ela; temperamento e experiência tinham dado a Henriqueta uma filosofia triste que se lhe sente nas cartas. Todos conhecem a confissão geral feita pelo autor dos *Souvenirs d'enfance et de jeunesse*. Renan afirma ter sido tão feliz que, se houvesse de recomeçar a vida, com direito de emendá-la, não faria emenda alguma. Henriqueta, se tivesse igual sentimento, seria unicamente para servi-lo e amá-lo, e, caso pudesse, creio que usaria do direito de eliminar, quando menos, as moléstias que padeceu. Renan tinha da vida e dos homens um sentimento que, apesar das agruras dos primeiros anos, já lhe aparece em alguma parte da correspondência. "Um livro, — diz ele na última carta do volume, — é o melhor introdutor no mundo científico. A sua composição obriga a consultar uma porção de sábios, que nunca ficam tão lisonjeados como quando se lhes vai prestar homenagem à ciência deles. As dedicatórias, fazem amigos e protetores elevados. Tenciono dedicar o meu ao Sr. Quatremère." Na confissão dos *Souvenirs* é já o sábio que fala em relação aos estreantes: "Um poeta, por exemplo, apresenta-nos os seus versos. É preciso dizer que são admiráveis; o contrário equivale a dizer-lhe que não valem nada, e fazer sangrenta injúria a um homem cuja intenção é fazer-nos uma fineza." Um clássico da nossa língua,

Sá de Miranda, põe na boca de um personagem de uma das suas comédias alguma cousa que resume toda essa arte e polidez aí recomendadas: "A mor ciência que no mundo há assim é, saber conversar com os homens; bom rosto, bom barrete, boas palavras não custam nada, e valem muito... Vou-me a comer."

"Vou-me a comer", aplicado a Renan, é a glória que lhe ficou das suas admiráveis páginas de escritor único. A glória de Henriqueta seria a contemplação daquela, o gozo íntimo de uma adoração e de um amor, que a vida achou realmente excessivos tanto que a despegou de si, com um derradeiro e terrível sofrimento, talvez mais inútil que os outros.

O VELHO SENADO

A propósito de algumas litografias de Sisson, tive há dias uma visão do Senado de 1860. Visões valem o mesmo que a retina em que se operam. Um político, tornando a ver aquele corpo, acharia nele a mesma alma dos seus correligionários extintos, e um historiador colheria elementos para a história. Um simples curioso não descobre mais que o pinturesco do tempo e a expressão das linhas com aquele tom geral que dão as cousas mortas e enterradas.

Nesse ano entrara eu para a imprensa. Uma noite, como saíssemos do teatro Ginásio, Quintino Bocaiúva e eu fomos tomar chá. Bocaiúva era então uma gentil figura de rapaz, delgado, tez macia, fino bigode e olhos serenos. Já então tinha os gestos lentos de hoje, e um pouco daquele ar *distant* que Taine achou em Mérimée. Disseram cousa análoga de Challemel-Lacour, que alguém ultimamente definia como *très républicain de conviction et très aristocrate de tempérament*. [14] O nosso Bocaiúva era só a segunda parte, mas já então liberal bastante para dar um republicano convicto. Ao chá, conversámos primeiramente de letras, e pouco depois de política, matéria introduzida por ele, o que me espantou bastante; não era usual nas nossas práticas. Nem é exato dizer que conversámos de política, eu antes respondia às perguntas que Bocaiúva me ia fazendo, como se quisesse conhecer as minhas opiniões. Provavelmente não as teria fixas nem determinadas; mas, quaisquer que fossem, creio que as exprimi na proporção e com a precisão apenas adequadas ao que ele me ia oferecer. De fato, separamo-nos com prazo dado para o dia seguinte, na loja de Paula Brito, que era na antiga Praça da Constituição,[15] lado do teatro S. Pedro, a meio caminho das ruas do Cano e dos Ciganos.[16] Relevai esta nomenclatura morta; é vício de memória velha. Na manhã seguinte, achei ali Bocaiúva escrevendo um bilhete. Tratava-se do *Diário do Rio de Janeiro*, que ia reaparecer, sob a direção política de Saldanha Marinho. Vinha dar-me um lugar na redação com ele e Henrique César Muzzio.

Estas minudências, agradáveis de escrever, sê-lo-ão menos de ler. É difícil fugir a elas, quando se recordam cousas idas. Assim, dizendo que no mesmo ano, abertas as câmaras, fui para o Senado, como redator do *Diário do Rio,* não posso esquecer que nesse ou no outro ali estiveram comigo, Bernardo Guimarães, representante do *Jornal do Comércio*, e Pedro Luís, por parte do *Correio Mercantil,* nem as boas horas que vivemos os três. Posto que Bernardo Guimarães fosse mais velho que nós, partíamos irmãmente o pão da intimidade. Descíamos juntos aquela Praça da Aclamação, que não era então o parque de hoje, mas um vasto espaço inculto e vazio como o Campo de São Cristóvão. Algumas vezes íamos jantar a um *restaurant* da Rua dos Latoeiros, hoje Gonçalves Dias, nome este que se lhe deu por indicação justamente do *Diário do Rio;* o poeta morara ali outrora, e foi Muzzio, seu amigo, que pela nossa folha o pediu à Câmara Municipal. Pedro Luís não tinha só a paixão que pôs nos belos versos à Polônia e no discurso com que, pouco depois, entrou na Câmara dos Deputados, mas ainda a graça, o sarcasmo, a observação fina e aquele largo riso em que os grandes olhos se faziam maiores. Bernardo Guimarães não falava nem ria tanto, incumbia-se de pontuar o diálogo com um bom dito, um reparo, uma anedota. O Senado não se prestava menos que o resto do mundo à conversação dos três amigos.

Poucos membros restarão da velha casa. Paranaguá e Sinimbu carregam o peso dos anos com muita facilidade e graça, o que ainda mais admira em Sinimbu, que suponho mais idoso. Ouvi falar a este bastantes vezes; não apaixonava o debate, mas era simples, claro, interessante, e, fisicamente, não perdia a linha. Esta geração conhece a firmeza daquele homem político, que mais tarde foi presidente do conselho e teve de lutar com oposições grandes. Um incidente dos últimos anos mos-

Os senadores compareciam regularmente ao trabalho.
(PÁGINAS RECOHIDAS — O velho senado, página 112)

trará bem a natureza dele. Saindo da Câmara dos Deputados para a secretaria da Agricultura, com o Visconde de Ouro Preto, colega de gabinete, eram seguidos por enorme multidão de gente em assuada. O carro parou em frente à secretaria; os dous apearam-se e pararam alguns instantes, voltados para a multidão, que continuava a bradar e apupar, e então vi bem a diferença dos dois temperamentos. Ouro Preto fitava-a com a cabeça erguida e certo gesto de repto; Sinimbu parecia apenas mostrar ao colega um trecho de muro, indiferente. Tal era o homem que conheci no Senado.

Para avaliar bem a minha impressão diante daqueles homens que eu via ali juntos, todos os dias, é preciso não esquecer que não poucos eram contemporâneos da Maioridade, algum da Regência, do primeiro reinado e da Constituinte. Tinham feito ou visto fazer a história dos tempos iniciais do regímen, e eu era um adolescente espantado e curioso. Achava-lhes uma feição particular, metade militante, metade triunfante, um pouco de homens, outro pouco de instituição. Paralelamente, iam-me lembrando os apodos e chufas que a paixão política desferira contra alguns deles, e sentia que as figuras serenas e respeitáveis que ali estavam agora naquelas cadeiras estreitas não tiveram outrora o respeito dos outros, nem provavelmente a serenidade própria. E tirava-lhes as cãs e as rugas, e fazia-os outra vez moços, árdegos e agitados. Comecei a aprender a parte do presente que há no passado, e vice-versa. Trazia comigo a *oligarquia, o golpe de Estado de 1848,* e outras notas da política em oposição ao domínio conservador, e ao ver os cabos deste partido, risonhos, familiares, gracejando entre si e com os outros, tomando juntos café e rapé, perguntava a mim mesmo se eram eles que podiam fazer, desfazer e refazer os elementos e governar com mão de ferro este país.

Os senadores compareciam regularmente ao trabalho. Era raro não haver sessão por falta de *quorum.* Uma particularidade do tempo é que muitos vinham em carruagem própria, como Zacarias, Monte-Alegre, Abrantes, Caxias e outros, começando pelo mais velho, que era o marquês de Itanhaém. A idade deste fazia-o menos assíduo, mas ainda assim era-o mais do que cabia esperar dele. Mal se podia apear do carro, e subir as escadas; arrastava os pés até à cadeira, que ficava do lado direito da mesa. Era seco e mirrado, usava cabeleira e trazia óculos fortes. Nas cerimônias de abertura e encerramento agravava o aspecto com a farda de senador. Se usasse barba, poderia disfarçar o chupado e engelhado dos tecidos, a cara rapada acentuava-lhe a decrepitude; mas a cara rapada era o costume de outra quadra, que ainda existia na maioria do Senado. Uns, como Nabuco e Zacarias, traziam a barba toda feita; outros deixavam pequenas suíças, como Abrantes e Paranhos, ou, como Olinda e Eusébio, a barba em forma de colar; raros usavam bigodes, como Caxias e Montezuma, — um Montezuma de segunda maneira.

A figura de Itanhaém era uma razão visível contra a vitaliciedade do Senado, mas é também certo que a vitaliciedade dava àquela casa uma consciência de duração perpétua, que parecia ler-se no rosto e no trato de seus membros. Tinham um ar de família, que se dispersava durante a estação calmosa, para ir às águas e outras diversões, e que se reunia depois, em prazo certo, anos e anos. Alguns não tornavam mais, e outros novos apareciam; mas também nas famílias se morre e nasce. Dissentiam sempre, mas é próprio das famílias numerosas brigarem, fazerem as pazes e tornarem a brigar; parece até que é a melhor prova de estar dentro da humanidade. Já então se evocavam contra a vitaliciedade do Senado os princípios liberais, como se fizera antes. Algumas vozes, vibrantes cá fora, calavam-se lá dentro, é certo, mas o gérmen da reforma ia ficando, os programas o acolhiam, e, como em vários outros casos, os sucessos o fizeram lei.

Nenhum tumulto nas sessões. A atenção era grande e constante. Geralmente, as galerias não eram mui freqüentadas, e, para o fim da hora, poucos espectadores ficavam, alguns dormiam. Naturalmente, a discussão do voto de graças e outras chamavam mais gente. Nabuco e algum outro dos principais da casa gozavam do privilégio de atrair grande auditório, quando se sabia que eles rompiam um debate ou respondiam a um discurso. Nessas ocasiões, mui excepcionalmente, eram admitidos ouvintes no próprio salão do Senado, como aliás era comum na Câmara temporária; como nesta, porém, os espectadores não intervinham com aplausos nas discussões. A presidência de Abaeté redobrou a disciplina do regimento, porventura menos apertada no tempo da presidência de Cavalcanti.

Não faltavam oradores. Uma só vez ouvi falar a Eusébio de Queirós, e a impressão que me deixou foi viva; era fluente, abundante, claro, sem prejuízo do vigor e da energia. Não foi discurso de ataque, mas de defesa, falou na qualidade de chefe do partido conservador, ou *papa*; Itaboraí, Uruguai, Saião Lobato e outros eram *cardeais,* e todos formavam o *consistório,* segundo a célebre definição de Otaviano no *Correio Mercantil.* Não reli o discurso, não teria agora tempo nem oportunidade de fazê-lo, mas estou que a impressão não haveria diminuído muito, posto lhe falte o efeito da própria voz do orador, que seduzia. A matéria era sobremodo ingrata: tratava-se de explicar e defender o acúmulo dos cargos públicos, acusação feita na imprensa da oposição. Era a tarde da oligarquia, o crepúsculo do domínio conservador. As eleições de 1860, na capital, deram o primeiro golpe na situação; se também deram o último, não sei; os partidos nunca se entenderam bem acerca das causas imediatas da própria queda ou subida, salvo no ponto de serem alternadamente a violação ou a restauração da carta constitucional. Quaisquer que fossem, então, a verdade é que as eleições da capital naquele ano podem ser contadas como uma vitória liberal. Elas trouxeram à minha imaginação adolescente uma visão rara e especial do poder das urnas. Não cabe inseri-la aqui; não direi o movimento geral e o calor sincero dos votantes, incitados pelos artigos da imprensa e pelos discursos de Teófilo Ottoni, nem os lances, cenas e brados de tais dias. Não me esqueceu a maior parte deles; ainda guardo a impressão que me deu um obscuro votante que veio ter com Ottoni, perto da matriz do Sacramento. Ottoni não o conhecia, nem sei se o tornou a ver. Ele chegou-se-lhe e mostrou-lhe um maço de cédulas que acabava de tirar às escondidas da algibeira de um agente contrário. O riso que acompanhou esta notícia nunca mais se me apagou da memória. No meio das mais ardentes reivindicações deste mundo, alguma vez me despontou ao longe aquela boca sem nome, acaso verídica e honesta em tudo o mais da vida, que ali viera confessar candidamente, e sem outro prêmio pessoal, o fino roubo praticado. Não mofes desta insistência pueril da minha memória; eu a tempo advirto que as mais claras águas podem levar de enxurro alguma palha podre, — se é que é podre, se é que é mesmo palha.

Eusébio de Queirós era justamente respeitado dos seus e dos contrários. Não tinha a figura esbelta de um Paranhos, mas ligava-se-lhe uma história particular e célebre, dessas que a crônica social e política de outros países escolhe e examina, mas que os nossos costumes, — aliás demasiado soltos na palestra, — não consentem inserir no escrito. De resto, pouco valeria repetir agora o que se divulgava então, não podendo pôr aqui a própria e extremada beleza da pessoa que as ruas e salas desta cidade viram tantas vezes. Era alta e robusta; não me ficaram outros pormenores.

O Senado contava raras sessões ardentes; muitas, porém, eram animadas. Zacarias fazia reviver o debate pelo sarcasmo e pela presteza e vigor dos golpes. Tinha a palavra cortante fina e rápida, com uns efeitos de sons guturais, que a tornavam mais penetrante e irritante. Quando ele se erguia, era quase certo que faria deitar sangue a alguém. Chegou até hoje a reputação de *debater,* como oposicionista, e como ministro e chefe de gabinete. Tinha audácias, como a da escolha "não acertada", que a nenhum outro acudiria, creio eu. Politicamente, era uma natureza seca e sobranceira. Um livro que foi de seu uso, uma História de Clarendon (*History of the rebellion and civil wars in England*[17]), marcado em partes, a lápis encarnado, tem uma sublinha nas seguintes palavras (vol. I, pág. 44) atribuídas ao conde de Oxford, em resposta ao duque de Buckingham, "que não buscava a sua amizade nem temia o seu ódio". É arriscado ver sentimentos pessoais nas simples notas ou lembranças postas em livros de estudo, mas aqui parece que o espírito de Zacarias achou o seu parceiro. Particularmente, ao contrário, e desde que se inclinasse a alguém, convidava fortemente a amá-lo; era lhano e simples, amigo e confiado. Pessoas que o freqüentavam, dizem e afirmam que, sob as suas árvores da Rua do Conde [18] ou entre os seus livros, era um gosto ouvi-lo, e raro haverá esquecido a graça e a polidez dos seus obséquios. No Senado, sentava-se à esquerda da mesa, ao pé da janela, abaixo de Nabuco, com quem trocava os seus reparos e reflexões. Nabuco, outras das principais vozes do Senado, era especialmente orador para os debates solenes. Não tinha o sarcasmo agudo de Zacarias, nem o epigrama alegre de Cotegipe. Era então o centro dos conservadores moderados que, com Olinda e Zacarias, fundaram a liga e os partidos progressista e liberal. Joaquim Nabuco, com a eloqüência de escritor político e a afeição de filho, dirá toda essa história no livro que está consagrando à memória de seu ilustre pai. A palavra do velho Nabuco era modelada pelos oradores da tribuna liberal francesa. A minha impressão é que preparava os seus discursos, e a maneira por que os proferia realçava-lhes a matéria e a forma sólida e brilhante. Gostava das imagens literárias: uma dessas, a comparação do poder moderador à estátua de Glauco, fez então fortuna. O gesto não era vivo, como o de Zacarias, mas pausado, o busto cheio era tranqüilo, e a voz adquiria uma sonoridade que habitualmente não tinha.

Mas eis que todas as figuras se atropelam na evocação comum, as de grande peso, como Uruguai, com as de pequeno ou nenhum peso, como o padre Vasconcelos, senador creio que pela Paraíba, um bom homem que ali achei e morreu pouco depois. Outro, que se podia incluir nesta segunda categoria, era um de quem só me lembram duas circunstâncias, as longas barbas grisalhas e sérias, e a cautela e pontualidade com que não votava os artigos de uma lei sem ter os olhos pregados em Itaboraí. Era um modo de cumprir a fidelidade política e obedecer ao chefe, que herdara o bastão de Eusébio. Como o recinto era pequeno, viam-se todos esses gestos, e quase se ouviam todas as palavras particulares. E, conquanto fosse assim pequeno, nunca vi rir a Itaboraí, creio que os seus músculos dificilmente ririam — o contrário de S. Vicente, que ria com facilidade, um riso bom, mas que lhe não ia bem. Quaisquer que fossem, porém, as deselegâncias físicas do senador por São Paulo, e mau grado a palavra sem sonoridade, era ouvido com grande respeito, como Itaboraí. De Abrantes dizia-se que era um canário falando. Não sei até que ponto merece a definição; em verdade, achava-o fluente, acaso doce, e, para um povo mavioso como o nosso, a qualidade era preciosa; nem por isso Abrantes era popular. Também não o era

Olinda, mas a autoridade deste sabe-se que era grande. Olinda aparecia-me envolvido na aurora remota do reinado, e na mais recente aurora liberal ou "situação nascente", mote de um dos chefes da liga, penso que Zacarias, que os conservadores glosaram por todos os feitios, na tribuna e na imprensa. Mas não deslizemos a reminiscências de outra ordem; fiquemos na surdez de Olinda, que competia com Beethoven nesta qualidade, menos musical que política. Não seria tão surdo. Quando tinha de responder a alguém, ia sentar-se ao pé do orador, e escutava atento, cara de mármore, sem dar um aparte, sem fazer um gesto, sem tomar uma nota. E a resposta vinha logo; tão depressa o adversário acabava, como ele principiava, e, ao que me ficou, lúcido e completo.

Um dia vi ali aparecer um homem alto, suíças e bigodes brancos e compridos. Era um dos remanescentes da Constituinte, nada menos que Montezuma, que voltava da Europa. Foi-me impossível reconhecer naquela cara barbada a cara rapada que eu conhecia da litografia Sisson; pessoalmente nunca o vira. Era muito mais que Olinda, um tipo de velhice robusta. Ao meu espírito de rapaz afigurava-se que ele trazia ainda os rumores e os gestos da assembléia de 1823. Era o mesmo homem; mas foi preciso ouvi-lo agora para sentir toda a veemência dos seus ataques de outrora. Foi preciso ouvir-lhe a ironia de hoje para entender a ironia daquela retificação que ele pôs ao texto de uma pergunta ao ministro do Império, na célebre sessão permanente de 11 a 12 de novembro: "Eu disse que o Sr. ministro do Império, por estar ao lado de Sua Majestade, melhor conhecerá o 'espírito da tropa', e um dos senhores secretários escreveu 'o espírito de Sua Majestade', quando não disse tal, *porque deste não duvido eu.*"

Agora o que eu mais ouvia dizer dele, além do talento, eram as suas infidelidades, e sobre isto corriam anedotas; mas eu nada tenho com anedotas políticas. Que se não pudesse fiar muito em seus carinhos parlamentares, creio. Uma vez, por exemplo, encheu a alma de Sousa Franco de grandes aleluias. Querendo criticar o ministro da Fazenda (não me lembra quem era) começou por afirmar que nunca tivéramos ministros da Fazenda, mas tão-somente ministros do Tesouro. Encarecia com adjetivos: excelentes, ilustrados, conspícuos ministros do Tesouro, mas da Fazenda nenhum. "Um houve, Sr. presidente, que nos deu alguma cousa do que deve ser um ministro da Fazenda; foi o nobre senador pelo Pará". E Sousa Franco sorria alegre, deleitava-se com a exceção, que devia doer ao seu forte rival em finanças, Itaboraí; não passou muito tempo que não perdesse o gosto. De outra vez, Montezuma atacava a Sousa Franco, e este novamente sorria, mas agora a expressão não era alegre, parecia rir de desdém. Montezuma empina o busto, encara-o irritado, e com a voz e o gesto intima-lhe que recolha o riso; e passa a demonstrar as suas críticas, uma por uma, com esta espécie de estribilho: "Recolha o riso o nobre senador!" Tudo isto aceso e torvo. Sousa Franco quis resistir; mas o riso recolheu-se por si mesmo. Era então um homem magro e cansado. Gozava ainda agora a popularidade ganha na Câmara dos Deputados, anos antes, pela campanha que sustentou, sozinho e parece que enfermo, contra o partido conservador.

Contrastando com Sousa Franco, vinha a figura de Paranhos, alta e forte. Não é preciso dizê-lo a uma geração que o conheceu e admirou, ainda belo e robusto na velhice. Nem é preciso lembrar que era uma das primeiras vozes do Senado. Eu trazia de cor as palavras que alguém me confiou haver dito, quando ele era simples estudante da Escola Central: "Sr. Paranhos, você ainda há de ser ministro." O estudante respondia modestamente, sorrindo; mas o profeta dos seus destinos tinha apanhado bem o valor e a direção da alma do moço.

Muitas recordações me vieram do Paranhos de então, discursos de ataque, discursos de defesa, mas, uma basta, a justificação do convênio de 20 de fevereiro. A notícia deste ato entrou no Rio de Janeiro, como as outras desse tempo, em que não havia telégrafo. Os sucessos do exterior chegavam-nos às braçadas, por atacado, e uma batalha, uma conspiração, um ato diplomático eram conhecidos com todos os seus pormenores. Por um paquete do Sul soubemos do convênio da vila da União. O pacto foi mal recebido, fez-se uma manifestação de rua, e um grupo de populares, com três ou quatro chefes à frente, foi pedir ao governo a demissão do plenipotenciário. Paranhos foi demitido, e, aberta a sessão parlamentar, cuidou de produzir a sua defesa.

Tornei a ver aquele dia, e ainda agora me parece vê-lo. Galerias e tribunas estavam cheias de gente; ao salão do Senado foram admitidos muitos homens políticos ou simplesmente curiosos. Era uma hora da tarde quando o presidente deu a palavra ao senador por Mato Grosso; começava a discussão do voto de graças. Paranhos costumava falar com moderação e pausa; firmava os dedos, erguia-os para o gesto lento e sóbrio, ou então para chamar os punhos da camisa, e a voz ia saindo meditada e colorida. Naquele dia, porém, a ânsia de produzir a defesa era tal, que as primeiras palavras foram antes bradadas que ditas: "Não a vaidade, Sr. presidente..." Daí a um instante, a voz tornava ao diapasão habitual, e o discurso continuou como nos outros dias. Eram nove horas da noite, quando ele acabou; estava como no princípio, nenhum sinal de fadiga nele nem no auditório, que o aplaudiu. Foi uma das mais fundas impressões que me deixou a eloqüência parlamentar. A agitação passara com os sucessos, a defesa estava feita. Anos depois do ataque, esta mesma cidade aclamava o autor da lei de 28 de setembro de 1871, como uma glória nacional; e ainda depois, quando ele tornou da Europa, foi recebê-lo e conduzi-lo até a casa. Ao clarão de um belo sol, rubro de comoção, levado pelo entusiasmo público, Paranhos seguia as mesmas ruas que, anos antes, voltando do Sul, pisara sozinho e condenado.

A visão do Senado foi-se-me assim alterando nos gestos e nas pessoas, como nos dias, e sempre remota e velha: era o Senado daqueles três anos. Outras figuras vieram vindo. Além dos cardeais, os Muritibas, os Sousa e Melos, vinham os de menor graduação política, o risonho Pena, zeloso e miúdo em seus discursos, o Jobim, que falava algumas vezes, o Ribeiro, do Rio Grande do Sul, que não falava nunca, — não me lembra, ao menos. Este, filósofo e filólogo, tinha junto a si, no tapete, encostado no pé da cadeira, um exemplar do dicionário de Morais. Era comum vê-lo consultar um e outro tomo, no correr de um debate, quando ouvia algum vocábulo, que lhe parecia de incerta origem ou duvidosa aceitação. Em contraste com a abstenção dele, eis aqui outro, Silveira da Mota, assíduo na tribuna, oposicionista por temperamento, e este outro, D. Manuel de Assis Mascarenhas, bom exemplar da geração que acabava. Era um homenzinho seco e baixo, cara lisa, cabelo raro e branco, tenaz, um tanto impertinente, creio que desligado de partidos. Da sua tenacidade dará idéia o que lhe vi fazer em relação a um projeto de subvenção ao teatro lírico, por meio de loterias. Não era novo; continuava o de anos anteriores. D. Manuel opunha-se por todos os meios à passagem dele, e fazia extensos discursos. A mesa, para acabar com o projeto, já o incluía entre os primeiros na ordem do dia, mas nem assim desanimava o senador. Um dia foi ele colocado antes de nenhum. D. Manuel pediu a palavra, e francamente declarou que era seu intuito falar toda a sessão; portanto, aqueles de seus colegas que tivessem algum negócio estranho e fora do Senado podiam retirar-se: não se discutiria mais nada. E falou até o fim da hora, consultando a miúdo o relógio para ver o tempo que lhe ia faltando. Naturalmente não haveria muito que dizer em tão escassa matéria, mas a resolução do orador e a liberdade do regimento davam-lhe meio de compor o discurso. Daí nascia uma infinidade de episódios, reminiscências, argumentos e explicações; por exemplo, não era recente a sua aversão às loterias, vinha do tempo em que, andando a viajar, foi ter a Hamburgo; ali ofereceram-lhe com tanta instância um bilhete de loteria, que ele foi obrigado a comprar, e o bilhete saiu branco. Esta anedota era contada com todas as minúcias necessárias para ampliá-la. Uma parte do tempo falou sentado, e acabou diante da mesa e três ou quatro colegas. Mas, imitando assim Catão, que também falou um dia inteiro para impedir uma petição de César, foi menos feliz que o seu colega romano. César retirou a petição, e aqui as loterias passaram, não me lembra se por fadiga ou omissão de D. Manuel; anuência é que não podia ser. Tais eram os costumes do tempo.

E após ele vieram outros, e ainda outros, Sapucaí, Maranguape, Itaúna, e outros mais, até que se confundiram todos e desapareceu tudo, cousas e pessoas, como sucede às visões. Pareceu-me vê-los enfiar por um corredor escuro, cuja porta era fechada por um homem de capa preta, meias de seda preta, calções pretos e sapatos de fivela. Este era nada menos que o próprio porteiro do Senado, vestido segundo as praxes do tempo, nos dias de abertura e encerramento da assembléia geral. Quanta cousa obsoleta! Alguém ainda quis obstar à ação do porteiro, mas tinha o gesto tão cansado e vagaroso que não alcançou nada; aquele deu volta à chave, envolveu-se na capa, saiu por uma das janelas e esvaiu-se no ar, a caminho de algum cemitério, provavelmente. Se valesse a pena saber o nome do cemitério, iria eu catá-lo, mas não vale; todos os cemitérios se parecem.

TU SÓ, TU, PURO AMOR...

COMÉDIA

Tu só, tu, puro amor, com força crua,
Que os corações humanos tanto obriga...

(*Lusíadas,* 3, CXIX).

O desfecho dos amores palacianos de Camões e de D. Catarina de Ataíde é o objeto da comédia, desfecho que deu lugar à subseqüente aventura de África, e mais tarde à partida para a Índia, donde o poeta devia regressar um dia com a imortalidade nas mãos. Não pretendi fazer um quadro da corte de D. João III, nem sei se o permitiam as proporções mínimas do escrito e a urgência da ocasião.* Busquei, sim, haver-me de maneira que o poeta fosse contemporâneo de seus amores, não lhe dando feições épicas, e, por assim dizer, póstumas.

Na primeira impressão escrevi uma nota, que reproduzi na segunda, acrescentando-lhe alguma cousa explicativa. Como na cena primeira se trata da anedota que motivou o epigrama de Camões ao duque de Aveiro, disse eu ali que, posto se lhe não possa fixar data, usara desta por me parecer um curioso rasgo de costumes. E aduzi: "Engana-se, creio eu, o Sr. Teófilo Braga, quando afirma que ela só podia ter ocorrido depois do regresso de Camões a Lisboa, alegando, para fundamentar essa opinião, que o título de duque de Aveiro foi criado em 1557. Digo que se engana o ilustre escritor, porque eu encontro o duque de Aveiro cinco anos antes, em 1552, indo receber, na qualidade de embaixador, a princesa D. Joana, noiva do príncipe D. João (veja MEM. e DOC., anexos aos

---

* A peça foi escrita para as festas organizadas no Rio de Janeiro, pelo Gabinete Português de Leitura, no tricentenário de Camões e representada no teatro de D. Pedro II, em 10 de junho de 1880. Imprimiu-se a primeira vez na *Revista Brasileira* (1 de julho de 1880), e a segunda em cem exemplares numerados e assinados pelo autor (edição Lombaerts, Rio de Janeiro, MDCCCLXXXI). [N. do A.]

Tu só, tu, puro amor...
(PÁGINAS RECOLHIDAS — Tu só, tu, puro amor, página 123)

ANAIS DE D. JOÃO III, págs. 440 e 441); e, se Camões só em 1553 partiu para a Índia, não é impossível que o epigrama e o caso que lhe deu origem fossem anteriores."

Temos ambos razão, o Sr. Teófilo Braga e eu. Com efeito, o ducado de Aveiro só foi criado formalmente em 1557, mas o agraciado usava o título desde muito antes, por mercê de D. João III; é o que confirma a própria carta régia de 30 de agosto daquele ano, textualmente inserta na HIST. GENEAL. de D. Antônio Caetano de Sousa, que cita em abono da asserção o testemunho de Andrade, na CRÔNICA DEL-REI D. JOÃO III. Naquela mesma obra se lê (liv. IV, cap. V) que em 1551, na trasladação dos ossos del-rei D. Manuel estivera presente o duque de Aveiro. Não é, pois, impossível que a anedota ocorresse antes da primeira ausência de Camões.

PESSOAS

Camões
D. Antônio de Lima
Caminha
D. Manuel de Portugal
D. Catarina de Ataíde
D. Francisca de Aragão

Sala no paço.

CENA I

CAMINHA, D. MANUEL DE PORTUGAL

(Caminha vem do fundo, à esquerda; vai a entrar pela porta da direita, quando lhe sai D. Manuel de Portugal, a rir.)

CAMINHA — Alegre vindes, senhor D. Manuel de Portugal. Disse-vos El-rei alguma cousa graciosa, decerto...
D. MANUEL — Não; não foi El-rei. Adivinhai o que seria, se é que o não sabeis já.
CAMINHA — Que foi?
D. MANUEL — Sabeis o caso da galinha do duque de Aveiro?
CAMINHA — Não.
D. MANUEL — Não sabeis? Pois é isto: uns versos mui galantes do nosso Camões. *(Caminha estremece e faz um gesto de má vontade.)* Uns versos como ele os sabe fazer. *(À parte.)* Dói-lhe a notícia. *(Alto.)* Mas, deveras, não sabeis do encontro de Camões com o duque de Aveiro?
CAMINHA — Não.
D. MANUEL — Foi o próprio duque que mo contou agora mesmo, ao vir de estar com El-rei...
CAMINHA — Que houve então?
D. MANUEL — Eu vo-lo digo; achavam-se ontem, na igreja do Amparo, o duque e o poeta...
CAMINHA *(com enfado)* — O poeta! o poeta! Não é mais que engenhar aí uns pecos versos, para ser logo poeta! Des-

perdiçais o vosso entusiasmo, senhor D. Manuel. Poeta é o nosso Sá, o meu grande Sá! Mas, esse arruador, esse brigão de horas mortas...

D. Manuel — Parece-vos então?...

Caminha — Que esse moço tem algum engenho, muito menos do que lhe diz a presunção dele e a cegueira dos amigos; algum engenho não lhe nego eu. Faz sonetos sofríveis. E canções... digo-vos que li uma ou duas, não de todo mal-alinhavadas. Pois então? Com boa vontade, mais esforço, menos soberba, gastando as noites, não a folgar pelas locandas de Lisboa, mas a meditar os poetas italianos, digo-vos que pode vir a ser...

D. Manuel — Acabai.

Caminha — Está acabado: um poeta sofrível.

D. Manuel — Deveras? Lembra-me que já isso mesmo lhe negastes.

Caminha (sorrindo) — No meu epigrama, não? E nego-lho ainda agora, se não fizer o que vos digo. Pareceu-vos gracioso o epigrama? Fi-lo por desenfado, não por ódio... Dizei, que tal vos pareceu ele?

D. Manuel — Injusto, mas gracioso.

Caminha — Sim? Tenho em mui boa conta o vosso parecer. Algum tempo supus que me desdenháveis. Não era impossível que assim fosse. Intrigas da corte dão azo a muita injustiça; mas principalmente acreditei que fossem artes desse rixoso... Juro-vos que ele me tem ódio.

D. Manuel — O Camões?

Caminha — Tem, tem...

D. Manuel — Por quê?

Caminha — Não sei, mas tem. Adeus.

D. Manuel — Ide-vos?

Caminha — Vou a El-rei, e depois ao meu senhor infante. (*Corteja-o e dirige-se para a porta da direita. D. Manuel dirige-se para o fundo.*)

D. Manuel (*andando*)

> Eu já vi a taverneiro
> Vender vaca por carneiro...

CAMINHA (*volta-se*) — Recitais versos?... São vossos?..
Não me negueis o gosto de vos ouvir.
D. MANUEL — Meus não; são de Camões... (*Repete-os descendo a cena.*)

> Eu já vi a taverneiro
> Vender vaca por carneiro...

CAMINHA (*sarcástico*) — De Camões?... Galantes são. Nem Virgílio os daria melhores. Ora, fazei o favor de repetir comigo:

> Eu já vi a taverneiro
> Vender vaca por carneiro...

E depois? Vá, dizei-me o resto, que não quero perder iguaria de tão fino sabor.
D. MANUEL — O duque de Aveiro e o poeta encontraram-se ontem na igreja do Amparo. O duque prometeu ao poeta mandar-lhe uma galinha da sua mesa; mas só lhe mandou um assado. Camões retorquiu-lhe com estes versos, que o próprio duque me mostrou agora, a rir:

> Eu já vi a taverneiro
> Vender vaca por carneiro;
> Mas não vi, por vida minha,
> Vender vaca por galinha,
> Senão ao duque de Aveiro.

Confessai, confessai, senhor Caminha, vós que sois poeta, confessai que há aí certo pico, e uma simpleza de dizer... Não vale tanto decerto como os sonetos dele, alguns dos quais são sublimes, aquele por exemplo:

> De amor escrevo, de amor trato e vivo...

ou este:

> Tanto do meu estado me acho incerto...

Sabeis a continuação?

CAMINHA — Até lhe sei o fim:

> Se me pergunta alguém por que assim ando
> Respondo que não sei, porém suspeito
> Que só porque vos vi, minha senhora.

(*Fitando-lhe muito os olhos.*) Esta senhora... Sabeis vós, decerto, quem é esta senhora do poeta como eu o sei, como o sabem todos... Naturalmente amam-se ainda muito?...
D. MANUEL (*à parte*) — Que quererá ele?
CAMINHA — Amam-se por força.
D. MANUEL — Cuido que não.
CAMINHA — Que não?
D. MANUEL — Acabou como tudo acaba.
CAMINHA (*sorrindo*) — Andai lá; não sei se me dizeis tudo. Amigos sois, e não é impossível que também vós... Onde está a nossa gentil senhora D. Francisca de Aragão?
D. MANUEL — Que tem?
CAMINHA — Vede: um simples nome vos faz estremecer de cólera. Mas, abrandai a cólera, que não sou vosso inimigo; mui ao contrário; amo-vos, e a ela também... e respeito-a muito. Um para o outro nascestes. Mas, adeus, faz-se tarde, vou ter com El-rei. (*Sai pela direita.*)

CENA II

D. MANUEL DE PORTUGAL

Este homem! Este homem!... Como se os versos dele, duros e insossos... (*Vai à porta por onde Caminha saiu, e levanta o reposteiro.*) Lá vai ele; vai cabisbaixo; rumina talvez alguma cousa. Que não sejam versos! (*Ao fundo aparecem D. Antônio de Lima e D. Catarina de Ataíde.*)

CENA III

D. MANUEL DE PORTUGAL, D. CATARINA DE ATAÍDE, D. ANTÔNIO DE LIMA

D. Antônio de Lima — Que espreitais aí, senhor D. Manuel?
D. Manuel — Estava a ver o porte elegante de nosso Caminha. Não vades supor que era alguma dama. (*Levanta o reposteiro.*) Olhai, lá vai ele a desaparecer. Vai a El-rei.
D. Antônio — Também eu. Tu, não, minha boa Catarina. A rainha espera-vos. (*D. Catarina faz uma reverência e caminha para a porta da esquerda.*) Ide, ide, minha gentil flor... (*A D. Manuel.*) Gentil, não a achais?
D. Manuel — Gentilíssima.
D. Antônio — Agradecei, Catarina.
D. Catarina — Agradeço; mas o certo é que o senhor D. Manuel é rico de louvores...
D. Manuel — Eu podia dizer que a natureza é que foi convosco pródiga de graças; mas, não digo; seria repetir mal aquilo que só poetas podem dizer bem. (*D. Antônio fecha o rosto.*) Dizem que também sou poeta, é verdade; não sei; faço versos. Adeus, senhor D. Antônio... (*Corteja-os e sai. D. Catarina vai a entrar, à esquerda. D. Antônio detém-na.*)

CENA IV

D. ANTÔNIO DE LIMA, D. CATARINA DE ATAÍDE

D. Antônio — Ouviste aquilo?
D. Catarina (*parando*) — Aquilo?
D. Antônio — "Que só poetas podem dizer bem" foram as palavras dele. (*D. Catarina aproxima-se.*) Vês tu, filha? Tão divulgadas andam já essas cousas, que até se dizem nas barbas de teu pai!
D. Catarina — Senhor, um gracejo...

D. Antônio (*enfadando-se*) — Um gracejo injurioso, que eu não consinto, que não quero, que me dói... Que só poetas podem dizer bem! E que poeta! Pergunta ao nosso Caminha o que é esse atrevido, o que vale a sua poesia... Mas, que seja outra e melhor, não a quero para mim, nem para ti. Não te criei para entregar-te às mãos do primeiro que passa, e lhe dá na cabeça haver-te.

D. Catarina (*procurando moderá-lo*) — Meu pai...

D. Antônio — Teu pai, e teu senhor!

D. Catarina — Meu senhor e pai... juro-vos que... juro-vos que vos quero e muito... Por quem sois, não vos irriteis contra mim!

D. Antônio — Jura que me obedecerás.

D. Catarina — Não é essa a minha obrigação?

D. Antônio — Obrigação é, e a mais grave de todas. Olha-me bem, filha; eu amo-te como pai que sou. Agora, anda, vai.

CENA V

D. ANTÔNIO DE LIMA, D. CATARINA DE ATAÍDE, D. FRANCISCA DE ARAGÃO

D. Antônio — Mas não, não vás sem falar à senhora D. Francisca de Aragão, que aí nos aparece, fresca como a rosa que desabotoou agora mesmo, ou como dizia a farsa do nosso Gil Vicente, que eu ouvi há tantos anos, por tempo do nosso sereníssimo senhor D. Manuel... Velho estou, minha formosa dama...

D. Francisca — E que dizia a farsa?

D. Antônio — A farsa dizia:

> É bonita como estrela,
> Uma rosinha de abril,
> Uma frescura de maio,
> Tão manhosa, tão sutil!

Vede que a farsa adivinhava já a nossa D. Francisca de Aragão, uma frescura de maio, tão manhosa, tão sutil...
D. FRANCISCA — Manhosa, eu?
D. ANTÔNIO — E sutil. Não vos esqueça a rima, que é de lei. (*Vai a sair pela porta da direita; aparece Camões.*)

CENA VI

Os mesmos, CAMÕES

D. CATARINA (*à parte*) — Ele!
D. FRANCISCA (*baixo a D. Catarina*) — Sossegai!
D. ANTÔNIO — Vinde cá, senhor poeta das galinhas. Já me chegou aos ouvidos o vosso lindo epigrama. Lindo, sim; e estou que não vos custaria mais tempo a fazê-lo do que eu a dizer-vos que me divertiu muito... E o duque? O duque, ainda não emendou a mão? Há de emendar, que não é nenhum mesquinho.
CAMÕES (*alegremente*) — Pois El-rei deseja o contrário...
D. ANTÔNIO — Ah! Sua Alteza falou-vos disso?... Contar-mo-eis em tempo. (*A D. Catarina, com intenção.*) Minha filha e senhora, não ides ter com a rainha? eu vou falar a El-rei. (*D. Catarina corteja-os e dirige-se para a esquerda; D. Antônio sai pela direita.*)

CENA VII

Os mesmos, *menos* D. ANTÔNIO DE LIMA

(*D. Catarina quer sair, D. Francisca de Aragão detém-na.*)

D. FRANCISCA — Ficai, ficai...
D. CATARINA — Deixai-me ir!
CAMÕES — Fugis de mim?
D. CATARINA — Fujo... Assim o querem todos.
CAMÕES — Todos! todos quem?

D. Francisca (*indo a Camões*) — Sossegai. Tendes, na verdade, um gênio, uns espíritos... Que há de ser? Corre a mais e mais a notícia dos vossos amores... e o senhor D. Antônio, que é pai, e pai severo...
Camões (*vivamente, a D. Catarina*) — Ameaça-vos?
D. Catarina — Não; dá-me conselhos... bons conselhos, meu Luís. Não vos quer mal, não quer... Vamos lá; eu é que sou desatinada. Mas, passou. Dizei-nos lá esses versos de que faláveis há pouco. Um epigrama, não é? Há de ser tão bonito como os outros... menos um.
Camões — Um?
D. Catarina — Sim, o que fizestes a D. Guiomar de Blasfé.
Camões (*com desdém*) — Que monta? Bem frouxos versos.
D. Francisca — Não tanto; mas eram feitos a D. Guiomar, e os piores versos deste mundo são os que se fazem a outras damas. (*A D. Catarina.*) Acertei? (*A Camões.*) Ora, andai, vou deixar-vos; dizei o caso do vosso epigrama, não a mim, que já o sei de cor, porém a ela que ainda não sabe nada... E que foi que vos disse El-rei?
Camões — El-rei viu-me, e dignou-se chamar-me; fitou-me um pouco a sua real vista, e disse com brandura: "Tomara eu, senhor poeta, que todos os duques vos faltem com galinhas, porque assim nos alegrareis com versos tão chistosos."
D. Francisca — Disse-vos isto? é um grande espírito El-rei!
D. Catarina — (*a D. Francisca*) — Não é? (*A Camões.*) E vós que lhe dissestes?
Camões — Eu? nada... ou quase nada. Era tão inopinado o louvor que me tomou a fala. E, contudo, se eu pudesse responder agora... agora que recobrei os espíritos... dir-lhe-ia que há aqui (*leva a mão à fronte*) alguma cousa mais do que simples versos de desenfado... dir-lhe-ia que... (*Fica absorto um instante, depois olha alternadamente para as duas damas, entre as quais se acha.*) Um sonho... Às vezes cuido conter cá dentro mais do que a minha vida e o meu século... Sonhos... sonhos! A realidade é que vós sois as duas mais lindas damas da cristandade, e que o amor é a alma do universo!

D. FRANCISCA — O amor e a espada, senhor brigão!
CAMÕES (*alegremente*) — Por que me não dais logo as alcunhas que me hão de ter posto os poltrões do Rocio? Vingam-se com isso, que é a desforra da poltroneria... Não sabeis? Naturalmente não; vós gastais as horas nos lavores e recreios do paço; mora aqui a doce paz do espírito...
D. CATARINA (*com intenção*) — Nem sempre.
D. FRANCISCA (*a Camões, sorrindo*) — Isto é convosco; e eu, que posso ser indiscreta, não me detenho a ouvir mais nada. (*Dá alguns passos para o fundo.*)
D. CATARINA — Vinde cá...
D. FRANCISCA — Vou-me... vou a consolar o nosso Caminha, que há de estar um pouco enfadado... Ouviu ele o que El-rei vos disse?
CAMÕES — Ouviu; que tem?
D. FRANCISCA — Não ouviria de boa sombra.
CAMÕES — Pode ser que não... dizem-me que não. (*A D. Catarina.*) Pareceis inquieta...
D. CATARINA (*a D. Francisca*) — Não vades, não vades; ficai um instante.
CAMÕES (*a D. Francisca*) — Irei eu.
D. FRANCISCA — Não, senhor; irei eu só. (*Sai pelo fundo.*)

CENA VIII

CAMÕES, D. CATARINA DE ATAÍDE

CAMÕES (*com uma reverência*) — Irei eu. Adeus, minha senhora D. Catarina de Ataíde! (*D. Catarina dá um passo para ele.*) Mantenha-vos Deus na sua santa guarda.
D. CATARINA — Não... vinde cá... (*Camões detém-se.*) Enfadei-vos? Vinde um pouco mais perto. (*Camões aproxima-se.*) Que vos fiz eu? Duvidais de mim?
CAMÕES — Cuido que me queríeis ausente.
D. CATARINA — Luís! (*Inquieta.*) Vede esta sala, estas paredes... falarmos a sós... Duvidais de mim?

Camões — Não duvido de vós; não duvido da vossa ternura; da vossa firmeza é que eu duvido.
D. Catarina — Receiais que fraqueie algum dia?
Camões — Receio; chorareis muitas lágrimas, muitas e amargas... mas, cuido que fraqueareis.
D. Catarina — Luís! juro-vos...
Camões — Perdoai, se vos ofende esta palavra. Ela é sincera; subiu-me do coração à boca. Não posso guardar a verdade; perder-me-ei algum dia por dizê-la sem rebuço. Assim me fez a natureza, assim irei à sepultura.
D. Catarina — Não, não fraquearei, juro-vos. Amo-vos muito, bem o sabeis. Posso chegar a afrontar tudo, até a cólera de meu pai. Vede lá, estamos a sós; se nos vira alguém... (*Camões dá um passo para sair.*) Não, vinde cá. Mas, se nos vira alguém, defronte um do outro, no meio de uma sala deserta, que pensaria? Não sei que pensaria; tinha medo há pouco; já não tenho medo... amor sim... O que eu tenho é amor, meu Luís.
Camões — Minha boa Catarina.
D. Catarina — Não me chameis boa, que eu não sei se o sou... Nem boa, nem má.
Camões — Divina sois!
D. Catarina — Não me deis nomes que são sacrílegios.
Camões — Que outro vos cabe?
D. Catarina — Nenhum.
Camões — Nenhum? Simplesmente a minha doce e formosa senhora D. Catarina de Ataíde, uma ninfa do paço, que se lembrou de amar um triste escudeiro, sem reparar que seu pai a guarda para algum solar opulento, algum grande cargo de camareira-mor. Tudo isso havereis, enquanto que o coitado de Camões irá morrer em África ou Ásia...
D. Catarina — Teimoso sois! Sempre essas idéias de África...
Camões — Ou Ásia. Que tem isso? Digo-vos que, às vezes, a dormir, imagino lá estar, longe dos galanteios da corte, armado em guerra, diante do gentio. Imaginai agora...
D. Catarina — Não imagino nada; vós sois meu, tão-só meu, tão-somente meu. Que me importa o gentio, ou o Turco, ou que quer que é, que não sei, nem quero? Tinha que ver,

se me deixáveis, para ir às vossas Áfricas... E os meus sonetos? Quem mos havia de fazer, meu rico poeta?
CAMÕES — Não faltará quem vo-los faça, e da maior perfeição.
D. CATARINA — Pode ser; mas eu quero-os ruins, como os vossos... como aquele da Circe, o meu retrato, dissestes vós.
CAMÕES (*recitando*)

> Um mover de olhos, brando e piedoso,
> Sem ver de quê; um riso brando e honesto,
> Quase forçado; um doce e humilde gesto
> De qualquer alegria duvidoso...

D. CATARINA — Não acabeis, que me obrigareis a fugir de vexada.
CAMÕES — De vexada! Quando é que a rosa se vexou, porque o sol a beijou de longe?
D. CATARINA — Bem respondido, meu claro sol.
CAMÕES — Deixai-me repetir que sois divina. Natércia minha, pode a sorte separar-nos, ou a morte de um ou de outro; mas o amor subsiste, longe ou perto, na morte ou na vida, no mais baixo estado, ou no cimo das grandezas humanas, não é assim? Deixai-me crê-lo, ao menos; deixai-me crer que há um vínculo secreto e forte, que nem os homens, nem a própria natureza poderia já destruir. Deixai-me crer... Não me ouvis?
D. CATARINA (*enlevada*) — Ouço, ouço.
CAMÕES — Crer que a última palavra de vossos lábios será o meu nome. Será?... Tenha eu esta fé, e não se me dará da adversidade; sentir-me-ei afortunado e grande. Grande, ouvis bem? Maior que todos os demais homens.
D. CATARINA — Acabai!
CAMÕES — Que mais?
D. CATARINA — Não sei; mas é tão doce ouvir-vos! Acabai, acabai, meu poeta! Ou antes, não, não acabeis; falai sempre, deixai-me ficar perpetuamente a escutar-vos.
CAMÕES — Ai de nós! A perpetuidade é um simples instante, um instante em que nos deixam sós nesta sala! (*D. Ca-*

tarina afasta-se rapidamente.) Olhai; só a idéia do perigo vos arredou de mim.

D. Catarina — Na verdade, se nos vissem... Se alguém aí, por esses reposteiros... Adeus...

Camões — Medrosa, eterna medrosa!

D. Catarina — Pode ser que sim; mas não está isso mesmo no meu retrato?

Camões

> Um encolhido ousar, uma brandura,
> Um medo sem ter culpa; um ar sereno,
> Um longo e obediente sofrimento...
>
> Esta foi a celeste formosura
> Da minha Circe, e o mágico veneno
> Que pôde transformar meu pensamento.

D. Catarina (*indo a ele*) — Pois então? A vossa Circe manda-vos que não duvideis dela, que lhe perdoeis os medos, tão próprios do lugar e da condição; manda-vos crer e amar. Se ela às vezes foge, é porque a espreitam; se vos não responde, é porque outros ouvidos poderiam escutá-la. Entendeis? É o que vos manda dizer a vossa Circe, meu poeta... e agora... (*Estende-lhe a mão.*) Adeus!

Camões — Ide-vos?

D. Catarina — A rainha espera-me. Audazes fomos, Luís. Não desafiemos o paço... que esses reposteiros...

Camões — Deixai-me ir ver!

D. Catarina (*detendo-o*) — Não, não. Separemo-nos.

Camões — Adeus! (*D. Catarina dirige-se para a porta da esquerda; Camões olha para a porta da direita.*)

D. Catarina — Andai, andai!

Camões — Um instante ainda!

D. Catarina — Imprudente! Por quem sois, ide-vos, meu Luís!

Camões — A Rainha espera-vos?

D. Catarina — Espera.

Camões — Tão raro é ver-vos!

D. CATARINA — Não afrontemos o céu... podem dar conosco...

CAMÕES — Que venham! Tomara eu que nos vissem! Bradaria a todos o meu amor, e à fé que o faria respeitar!

D. CATARINA (*aflita, pegando-lhe na mão*) — Reparai, meu Luís, reparai; onde estais, quem eu sou, o que são estas paredes... domai esse gênio arrebatado. Peço-vo-lo eu. Ide-vos em boa paz, sim?

CAMÕES — Viva a minha corça gentil, a minha tímida corça! Ora vos juro que me vou, e de corrida. Adeus!

D. CATARINA — Adeus!

CAMÕES (*com a mão dela presa*) — Adeus!

D. CATARINA — Ide... deixai-me ir!

CAMÕES — Hoje há luar; se virdes um embuçado diante das vossas janelas, quedado a olhar para cima, desconfiai que sou eu; e então, já não é o sol a beijar de longe uma rosa, é o goivo que pede calor a uma estrela.

D. CATARINA — Cautela, não vos reconheçam.

CAMÕES — Cautela haverei; mas que me reconheçam, que tem isso? embargarei a palavra ao importuno.

D. CATARINA — Sossegai. Adeus!

CAMÕES — Adeus! (*D. Catarina dirige-se para a porta da esquerda, e pára diante dela, à espera que Camões saia. Camões corteja-a com um gesto gracioso, e dirige-se para o fundo. — Levanta-se o reposteiro da porta da direita, e aparece Caminha. — D. Catarina dá um pequeno grito, e sai precipitadamente. — Camões detém-se. Os dous homens olham-se por um instante.*)

CENA IX

CAMÕES, CAMINHA

CAMINHA (*entrando*) — Discreteáveis com alguém. ao que parece...

CAMÕES — É verdade.

CAMINHA — Ouvi de longe a vossa fala, e reconheci-a. Vi logo que era o nosso poeta, de quem tratava há pouco com

alguns fidalgos. Sois o bem-amado, entre os últimos de Coimbra. — Com quê, discreteáveis... Com alguma dama?
CAMÕES — Com uma dama.
CAMINHA — Certamente formosa, que não as há de outra casta nestes reais paços. Sua Alteza, cuido que continuará, e ainda em bem, algumas boas tradições de El-rei seu pai. Damas formosas, e, quanto possível, letradas. São estes, dizem, os bons costumes italianos. E vós, senhor Camões, por que não ides a Itália?
CAMÕES — Irei a Itália, mas passando por África.
CAMINHA — Ah! ah! para lá deixar primeiro um braço, uma perna, ou um olho... Não, poupai os olhos, que são o feitiço dessas damas da corte; poupai também a mão, com que nos haveis de escrever tão lindos versos; isto vos digo que poupeis...
CAMÕES — Uma palavra, senhor Pedro de Andrade, uma só palavra, mas sincera.
CAMINHA — Dizei.
CAMÕES — Dissimulais algum outro pensamento. Revelai-mo... intimo-vos que mo reveleis.
CAMINHA — Ide a Itália, senhor Camões, ide a Itália.
CAMÕES — Não resistireis muito tempo ao que vos mando.
CAMINHA — Ou a África, se o quereis... ou a Babilônia... A Babilônia é melhor; levai a harpa ao desterro, mas em vez de a pendurar de um salgueiro, como na Escritura, cantar-nos-ei a linda copla da galinha, ou comporeis umas outras voltas ao mote, que já vos serviu tão bem:

> Perdigão perdeu a pena,
> Não há mal que lhe não venha.

Ide a Babilônia, senhor Perdigão!
CAMÕES (*pegando-lhe no pulso*) — Por vida minha, calai-vos!
CAMINHA — Vede o lugar em que estais.
CAMÕES (*solta-o*) — Vejo; vejo também quem sois; só não vejo o que odiais em mim.
CAMINHA — Nada.
CAMÕES — Nada?

CAMINHA — Cousa nenhuma.
CAMÕES — Mentis pela gorja, senhor camareiro.
CAMINHA — Minto? Vede lá; ia-me deixando arrebatar, ia conspurcando com alguma vilania esta sala de El-rei. Retraí-me a tempo. Menti, dizeis vós? — Pode ser que sim, porque eu creio que efetivamente vos odeio, mas só há um instante, depois que me pagastes com uma injúria o aviso que vos dei.
CAMÕES — Um aviso?
CAMINHA — Nada menos. Queria eu dizer-vos que as paredes do paço nem são mudas,[19] nem sempre são caladas.
CAMÕES — Não serão; mas eu as farei caladas.
CAMINHA — Pode ser. Essa dama era...
CAMÕES — Não reparei bem.
CAMINHA — Fizestes mal; é prudência reparar nas damas; prudência e cortesia. Com quê, ides a África? Lá estão os nossos em Mazagão, cometendo façanhas contra essa canalha de Mafamede; imitai-os. Vede, não deixeis lá esse braço, com que nos haveis de calar as paredes e os reposteiros. É conselho de amigo.
CAMÕES — Por que seríeis meu amigo?
CAMINHA — Não digo que o seja; o conselho é que o é.
CAMÕES — Credes, então?...
CAMINHA — Que poupareis uma grande dor e um maior escândalo.
CAMÕES — Percebo-vos. Imaginais que amo alguma dama? Suponhamos que sim. Qual é o meu delito? Em que ordenação, em que rescrito, em que bula, em que escritura, divina ou humana, foi já dado como delito amarem-se duas criaturas?
CAMINHA — Deixai a corte.
CAMÕES — Digo-vos que não.
CAMINHA — Oxalá que não!
CAMÕES (*à parte*) — Este homem... que há neste homem? lealdade ou perfídia? (*Alto.*) Adeus, senhor Caminha. (*Pára no meio da cena.*) Por que não tratámos de versos?... Fora muito melhor...
CAMINHA — Adeus, senhor Camões. (*Camões sai.*)

CENA X

CAMINHA, logo D. CATARINA DE ATAÍDE

CAMINHA — Ide, ide, magro poeta de camarins... (*Desce ao proscêncio.*) Era ela, decerto, era ela que aí estava com ele, no meio do paço, esquecidos de El-rei e de todos... Oh temeridade do amor! Do amor?... ele... ele... Mas seria ela deveras?... Que outra podia ser?

D. CATARINA (*espreita e entra*) — Senhor... senhor!...

CAMINHA — Ela!

D. CATARINA — Ouvi tudo... tudo o que lhe dissestes... e peço-vos que não nos façais mal. Sois amigo de meu pai, ele é vosso amigo; não lhe digais nada. Fui imprudente, fui, mas que quereis? (*Vendo que Caminha não diz nada.*) Então? falai... poderei contar convosco?

CAMINHA — Comigo? (*D. Catarina, inquieta e aflita, pega-lhe na mão; ele retira-lha com aspereza.*) Contar comigo! Para quê, minha senhora D. Catarina? Amais um mancebo digno, porque vós o amais... muito, não?

D. CATARINA — Muito.

CAMINHA — Muito! Muito, dizeis... E éreis vós que estáveis aqui, com ele, nesta sala solitária, juntos um do outro, a falarem naturalmente do céu e da terra... ou só do céu, que é a terra dos namorados. Que dizíeis?...

D. CATARINA (*baixando os olhos*) — Senhor...

CAMINHA — Galanteios, galanteios, de que se há de falar lá fora... (*Gesto de D. Catarina.*) Ah! Cuidais que estes amores nascem e morrem no paço? — Não; passam além; descem à rua, são o mantimento dos ociosos, e ainda dos que trabalham, porque, ao serão, principalmente nas noites de inverno, em que se há de ocupar a gente, depois de fazer as suas orações? Com quê, éreis vós? Pois digo-vos que o não sabia; suspeitava, porque não podia talvez ser outra... E confessais que lhe quereis muito. Muito?

D. CATARINA — Pode ser fraqueza; mas crime... onde está o crime?

CAMINHA — O crime está em desonrar as cãs de um nobre homem, arrastando-lhe o nome por vielas e praças; o crime está em escandalizar a corte, com essas ternuras, impróprias do alto cargo que exerceis, do vosso sexo e estado... esse é o crime. E parece-vos pequeno?

D. Catarina — Bem; desculpai-me, não direis nada...

Caminha — Não sei.

D. Catarina — Peço-vo-lo... de joelhos até... (*Faz um gesto para ajoelhar-se, ele impede-lho.*)

Caminha — Perdereis o tempo; eu sou amigo de vosso pai.

D. Catarina — Contar-lhe-eis tudo?

Caminha — Talvez.

D. Catarina — Bem mo diziam sempre; sois inimigo de Camões.

Caminha — E sou.

D. Catarina — Que vos fez ele?

Caminha — Que me fez? (*Pausa*) D. Catarina de Ataíde, quereis saber o que me fez o vosso Camões? Não é só a sua soberba que me afronta; fosse só isso, e que me importava um frouxo cerzidor de palavras, sem arte, nem conceito?

D. Catarina — Acabai.

Caminha — Também não é porque ele vos ama, que eu o odeio; mas vós, senhora D. Catarina de Ataíde, vós o amais... eis o crime de Camões. Entendeis?

D. Catarina (*depois de um instante de assombro*) — Não quero entender.

Caminha — Sim, que também eu vos quero, ouvis? — E quero-vos muito... mais do que ele, e melhor do que ele; porque o meu amor tem o impulso do ódio, nutre-se do silêncio, o desdém o avigora, e não faço alarde nem escândalo; é um amor...

D. Catarina — Calai-vos! Pela Virgem, calai-vos!

Caminha — Que me cale? Obedecerei. (*Faz uma reverência.*) Mandais alguma outra cousa?

D. Catarina — Não, ficai. Jurai-me que não direis cousa nenhuma.

Caminha — Depois da confissão que vos fiz, esse pedido chega a ser mofa. Que não diga nada? Direi tudo, revelarei tudo a vosso pai. Não sei se a ação é má ou boa; sei que

vos amo e que detesto esse rufião, a quem vadios deram foros de letrado.
D. Catarina — Senhor! É demais!...
Caminha — Defendei-lo, não é assim?
D. Catarina — Odiai-o, se vos apraz; insultá-lo, é que não é de cavalheiro...
Caminha — Que tem? O amor desprezado sangra e fere.
D. Catarina — Deixai que lhe chame um amor vilão.
Caminha — Sois vós agora que me injuriais. Adeus, senhora D. Catarina de Ataíde! (*Dirige-se para o fundo.*)
D. Catarina (*tomando-lhe o passo*) — Não! Agora não vos peço... intimo-vos que vos caleis.
Caminha — Que recompensa me dais?
D. Catarina — A vossa consciência.
Caminha — Deixai em paz os que dormem. Não vos peço nada. Quereis que vos prometa alguma cousa? Uma só cousa prometo; não contar a vosso pai o que se passou. Mas, se por denúncia ou desconfiança for interrogado por ele, então lhe direi tudo. E duas vezes farei bem: — não faltarei à verdade, que é dever de cavalheiro; e depois... chorareis lágrimas de sangue; e eu prefiro ver-vos chorar a ver-vos sorrir. A vossa angústia será a minha consolação. Onde falecerdes de pura saudade, aí me glorificarei eu. Chamai-me agora perverso, se o quereis, eu respondo que vos amo... e que não tenho outra virtude. (*Vai a sair, encontra-se com D. Francisca de Aragão; corteja-a e sai.*)

CENA XI

D. CATARINA DE ATAÍDE, D. FRANCISCA DE ARAGÃO

D. Francisca — Vai afrontado o nosso poeta. Que terá ele? (*Reparando em D. Catarina.*) Que tendes vós?... que foi?
D. Catarina — Tudo sabe.
D. Francisca — Quem?
D. Catarina — Esse homem. Achou-nos nesta sala; eu tive medo; disse-lhe tudo.

D. Francisca — Imprudente!

D. Catarina — Duas vezes imprudente; deixei-me estar ao lado do meu Luís, a ouvir-lhe as palavras tão nobres, tão apaixonadas... e o tempo corria... e podiam espreitar-nos... Credes que o Caminha diga alguma cousa a meu pai?

D. Francisca — Talvez não.

D. Catarina — Quem sabe? Ele ama-me.

D. Francisca — O Caminha?

D. Catarina — Disse-mo agora. Que admira? Acha-me formosa, como os outros. Triste dom é esse. Sou formosa para não ser feliz, para ser amada às ocultas, odiada às escâncaras, e, talvez... Se meu pai vier a saber... que fará ele, amiga minha?

D. Francisca — O senhor D. Antônio é tão severo!

D. Catarina — Irá ter com El-rei, pedir-lhe-á que o castigue, que o encarcere, não? E por minha causa... Não; primeiro irei eu... (*Dirige-se para a porta da direita.*)

D. Francisca — Onde ides?

D. Catarina — Vou falar a El-rei... Ou, não... (*Encaminha-se para a porta da esquerda.*) Vou ter com a rainha; contar-lhe-ei tudo; ela me amparará. Credes que não?

D. Francisca — Creio que sim.

D. Catarina — Irei, ajoelhar-me-ei a seus pés. Ela é rainha, mas é também mulher... e ama-me. (*Sai pela esquerda.*)

CENA XII

D. FRANCISCA DE ARAGÃO, D. ANTÔNIO DE LIMA, *depois* D. MANUEL DE PORTUGAL

D. Francisca (*depois de um instante de reflexão*) — Talvez chegue cedo demais. (*Dá um passo para a porta da esquerda.*) Não; melhor é que lhe fale... mas, se se aventa a notícia? Meu Deus, não sei... não sei... Ouço passos... (*Entra D. Antônio de Lima.*) Ah!

D. Antônio — Que foi?

D. FRANCISCA — Nada, nada... não sabia quem era. Sois vós... (*Risonha.*) Chegaram galeões da Ásia; boas notícias, dizem...

D. ANTÔNIO (*sombrio*) — Eu não ouvi dizer nada. (*Querendo retirar-se.*) Permitis?...

D. FRANCISCA — Jesus! Que tendes?... que ar é esse? (*Vendo entrar D. Manuel de Portugal.*) Vinde cá, senhor. D. Manuel de Portugal, vinde saber o que tem este meu bom e velho amigo, que me não quer... (*Segurando na mão de D. Antônio.*) Então, eu já não sou a vossa frescura de maio?...

D. ANTÔNIO (*sorrindo, a custo*) — Sois, sois. Manhosamente sutil, ou sutilmente manhosa, à escolha; eu é que sou uma triste secura de dezembro, que me vou e vos deixo. Permitis, não? (*Corteja-a e dirige-se para a porta.*)

D. MANUEL (*interpondo-se*) — Deixai que vos levante o reposteiro. (*Levanta o reposteiro.*) Ides ter com Sua Alteza, suponho?

D. ANTÔNIO — Vou.

D. MANUEL — Ides levar-lhe notícias da Índia?

D. ANTÔNIO — Sabeis que não é o meu cargo...

D. MANUEL — Sei, sei; mas dizem que... Senhor D. Antônio, acho-vos o rosto anuviado, alguma cousa vos penaliza ou turva. Sabeis que sou vosso amigo; perdoai se vos interrogo. Que foi? que há?

D. ANTÔNIO (*gravemente*) — Senhor D. Manuel, tendes vinte e sete anos, eu conto sessenta; deixai-me passar. (*D. Manuel inclina-se, levantando o reposteiro. D. Antônio desaparece.*)

CENA XIII

D. MANUEL DE PORTUGAL, D. FRANCISCA DE ARAGÃO

D. MANUEL — Vai dizer tudo a El-rei.

D. FRANCISCA — Credes?

D. MANUEL — Camões contou-me o encontro que tivera com o Caminha aqui; eu ia falar ao senhor D. Antônio;

achei-o agora mesmo, ao pé de uma janela, com o dissimulado Caminha, que lhe dizia: "Não vos nego, senhor D. Antônio, que os achei naquela sala, a sós, e que vossa filha fugiu desde que eu lá entrei."
D. Francisca — Ouvistes isso?
D. Manuel — D. Antônio ficou severo e triste. "Querem escândalo?..." foram as suas palavras. E não disse outras; apertou a mão ao Caminha, e seguiu para cá... Penso que foi pedir alguma cousa a El-rei. Talvez o desterro.
D. Francisca — O desterro?
D. Manuel — Talvez. Camões há de voltar agora aqui; disse-me que viria falar ao senhor D. Antônio. Para quê? Que outros lhe falem, sim; mas o meu Luís que não sabe conter-se... D. Catarina?
D. Francisca — Foi lançar-se aos pés da rainha, a pedir-lhe proteção.
D. Manuel — Outra imprudência. Foi há muito?
D. Francisca — Pouco há.
D. Manuel — Ide ter com ela, se é tempo, e dizei-lhe que não, que não convém falar nada. (*D. Francisca vai a sair, e pára.*) Recusais?
D. Francisca — Vou, vou. Pensava comigo uma cousa. (*D. Manuel vai a ela.*) Pensava que é preciso querer muito àqueles dois para nos esquecermos assim de nós.
D. Manuel — É verdade. E não há mais nobre motivo da nossa mútua indiferença. Indiferença, não; não o é, nem o podia ser nunca. No meio de toda essa angústia que nos cerca, poderia eu esquecer a minha doce Aragão? Podereis vós esquecer-me? Ide agora, nós que somos felizes, temos o dever de consolar os desgraçados. (*D. Francisca sai pela esquerda.*)

CENA XIV

D. MANUEL DE PORTUGAL, *logo* D. ANTÔNIO DE LIMA

D. Manuel — Se perco o confidente dos meus amores, da minha mocidade, o meu companheiro de longas horas...

Não é impossível. — El-rei concederá o que lhe pedir D. Antônio. A culpa, — força é confessá-lo — a culpa é dele, do meu Camões, do meu impetuoso poeta; um coração sem freio... (*Abre-se o reposteiro, aparece D. Antônio.*) D. Antônio!

D. ANTÔNIO (*da porta, jubiloso*) — Interrogastes-me há pouco; agora hei tempo de vos responder.

D. MANUEL — Talvez não seja preciso.

D. ANTÔNIO (*adianta-se*) — Adivinhais então?

D. MANUEL — Pode ser que sim.

D. ANTÔNIO — Creio que adivinhais.

D. MANUEL — Sua Alteza concedeu-vos o desterro de Camões.

D. ANTÔNIO — Esse é o nome da pena; a realidade é que Sua Alteza restituiu a honra a um vassalo, e a paz a um ancião.

D. MANUEL — Senhor D. Antônio...

D. ANTÔNIO — Nem mais uma palavra, senhor D. Manuel de Portugal, nem mais uma palavra. — Mancebo sois; é natural que vos ponhais do lado do amor; eu sou velho, e a velhice ama o respeito. Até à vista, senhor D. Manuel, e não turveis o meu contentamento. (*Dá um passo para sair.*)

D. MANUEL — Se matais vossa filha?

D. ANTÔNIO — Não a matarei. Amores fáceis de curar são esses que aí brotam no meio de galanteios e versos. Versos curam tudo. Só não curam a honra os versos; mas para a honra dá Deus um rei austero, e um pai inflexível... Até à vista, senhor D. Manuel. (*Sai pela esquerda.*)

CENA XV

D. MANUEL DE PORTUGAL, CAMÕES

D. MANUEL — Perdido... está tudo perdido. (*Camões entra pelo fundo.*) Meu pobre Luís! Se soubesses...

CAMÕES — Que há?

D. MANUEL — El-rei... El-rei atendeu às súplicas do senhor D. Antônio. Está tudo perdido.

CAMÕES — E que pena me cabe?
D. MANUEL — Desterra-vos da corte.
CAMÕES — Desterrado! Mas eu vou ter com Sua Alteza, eu direi...
D. MANUEL (*aquietando-o*) — Não direis nada; não tendes mais que cumprir a real ordem; deixai que os vossos amigos façam alguma cousa; talvez logrem abrandar o rigor da pena. Vós não fareis mais do que agravá-la.
CAMÕES — Desterrado! E para onde?
D. MANUEL — Não sei. Desterrado da corte é o que é certo. Vede... não há mais demorar no paço. Saiamos.
CAMÕES — Aí me vou eu, pois, caminho do desterro, e não sei se da miséria! Venceu então o Caminha? Talvez os versos dele fiquem assim melhores. Se nos vai dar uma nova *Eneida*, o Caminha? Pode ser, tudo pode ser... Desterrado da corte! Cá me ficam os melhores dias, e as mais fundas saudades. Crede, senhor D. Manuel, podeis crer que as mais fundas saudades cá me ficam.
D. MANUEL — Tornareis, tornareis...
CAMÕES — E ela? Já o saberá ela?
D. MANUEL — Cuido que o senhor D. Antônio foi dizer-lho em pessoa. Deus! Aí vêm eles.

CENA XVI

OS MESMOS, D. ANTÔNIO DE LIMA, D. CATARINA DE ATAÍDE

(*D. Antônio aparece à porta da esquerda, trazendo D. Catarina pela mão. — D. Catarina vem profundamente abatida.*)

D. CATARINA (*à parte, vendo Camões*) — Ele! Dai-me forças, meu Deus! (*D. Antônio corteja os dois, e segue na direção do fundo. Camões dá um passo para falar-lhe, mas D. Manuel contém-no. D. Catarina, prestes a sair, volve a cabeça para trás.*)

CENA XVII

D. MANUEL DE PORTUGAL, CAMÕES

Camões — Ela aí vai... talvez para sempre... Credes que para sempre?
D. Manuel — Não. Saiamos!
Camões — Vamos lá; deixemos estas salas que tão funestas me foram. (*Indo ao fundo e olhando para dentro.*) Ela aí vai, a minha estrela, aí vai a resvalar no abismo, donde não sei se a levantarei mais... Nem eu... (*voltando-se para D. Manuel*) nem vós, meu amigo, nem vós que me quereis tanto, ninguém.
D. Manuel — Desanimais depressa, Luís. Por que ninguém?
Camões — Não saberia dizer-vos; mas sinto-o aqui no coração. Essa clara luz, essa doce madrugada da minha vida, apagou-se agora mesmo, e de uma vez.
D. Manuel — Confiai em mim, nos meus amigos, nos vossos amigos. Irei ter com eles; induzi-los-ei a...
Camões — A quê? A mortificarem um camareiro-mor, a fim de servir um triste escudeiro, que já estará caminho de África?
D. Manuel — Ides a África?
Camões — Pode ser; sinto umas tonteiras africanas. Pois que me fecham a porta dos amores, abrirei eu mesmo as da guerra. Irei lá pelejar, ou não sei se morrer... África, disse eu? Pode ser que Ásia também, ou Ásia só; o que me der na imaginação.
D. Manuel — Saiamos.
Camões — E agora, adeus, infiéis paredes; sede ao menos compassivas; guardai-ma, guardai-ma bem, a minha formosa D. Catarina! (*A D. Manuel.*) Credes que tenho vontade de chorar?
D. Manuel — Saiamos, Luís!
Camões — E não choro, não; não choro... não quero... (*Forcejando por ser alegre.*) Vedes? até rio! Vou-me para bem longe. Considerando bem, Ásia é melhor; lá rema-

tou a audácia lusitana o seu edifício, lá irei escutar o rumor dos passos do nosso Vasco. E este sonho, esta quimera, esta cousa que me flameja cá dentro, quem sabe se... Um grande sonho, senhor D. Manuel... Vede lá, ao longe, na imensidade desses mares, nunca dantes navegados, uma figura rútila, que se debruça dos balcões da aurora, coroada de palmas indianas? É a nossa glória, é a nossa glória que alonga os olhos, como a pedir o seu esposo ocidental. E nenhum lhe vai dar o ósculo que a fecunde; nenhum filho desta terra, nenhum que empunhe a tuba da imortalidade, para dizê-la aos quatro ventos do céu... Nenhum... (*Vai amortecendo a voz.*) Nenhum... (*Pausa, fita D. Manuel como se acordasse e dá de ombros.*) Uma grande quimera, senhor D. Manuel. Vamos ao nosso desterro.

ENTRE 1892 E 1894

VAE SOLI!

1892, julho.

Um dia desta semana, farto de vendavais, naufrágios, boatos, mentiras, polêmicas, farto de ver como se descompõem os homens, acionistas e diretores, importadores e industriais, farto de mim, de ti, de todos, de um tumulto sem vida, de um silêncio sem quietação, peguei de uma página de anúncios, e disse comigo:

— Eia, passemos em revista as procuras e ofertas, caixeiros desempregados, pianos, magnésias, sabonetes, oficiais de barbeiro, casas para alugar, amas-de-leite, cobradores, coqueluche, hipotecas, professores, tosses crônicas...

E o meu espírito, estendendo e juntando as mãos e os braços, como fazem os nadadores, que caem do alto, mergulhou por uma coluna abaixo. Quando voltou à tona, trazia entre os dedos esta pérola:

"Uma viúva interessante, distinta, de boa família e independente de meios, deseja encontrar por esposo um homem de meia idade, sério, instruído, e também com meios de vida, *que esteja como ela cansado de viver só*; resposta por carta ao escritório desta folha, com as iniciais M. R...., anunciando, a fim de ser procurada essa carta."

Gentil viúva, eu não sou o homem que procuras, mas desejava ver-te, ou, quando menos, possuir o teu retrato, porque tu não és qualquer pessoa, tu vales alguma cousa mais que o comum das mulheres. *Ai de quem está só!* dizem as sagradas letras; mas não foi a religião que te inspirou esse anúncio. Nem motivo teológico, nem metafísico. Positivo também não, porque o positivismo é infenso às segundas núpcias. Que foi então, senão a triste, longa e aborrecida experiência? Não queres amar; estás cansada de viver só.

E a cláusula de ser o esposo outro aborrecido, farto de solidão, mostra que tu não queres enganar, nem sacrificar ninguém. Ficam desde já excluídos os sonhadores, os que amem o mistério e procurem justamente esta ocasião de comprar um bilhete na loteria da vida. Que não pedes um diálogo de amor, é claro, desde que impões a cláusula da meia-idade, zona em que as paixões arrefecem, onde as flores vão perdendo a cor purpúrea e o viço eterno. Não há de ser um náufrago, à espera de uma tábua de salvação, pois que exiges que também possua. E há de ser instruído, para encher com as luzes do espírito as longas noites do coração, e contar (sem as mãos presas) a tomada de Constantinopla.

Viúva dos meus pecados, quem és tu que sabes tanto? O teu anúncio lembra a carta de certo capitão da guarda de Nero. Rico, interessante, aborrecido, como tu, escreveu um dia ao grave Sêneca, perguntando-lhe como se havia de curar do tédio que sentia, e explicava-se por figura: "Não é a tempestade que me aflige, é o enjôo do mar." Viúva minha, o que tu queres realmente, não é um marido, é um remédio contra o enjôo. Vês que a travessia ainda é longa, — porque a tua idade está entre trinta e dous e trinta e oito anos, — o mar é agitado, o navio joga muito; precisas de um preparado para matar esse mal cruel e indefinível. Não te contentas com o remédio de Sêneca, que era justamente a solidão, "a vida retirada, em que a alma acha todo o seu sossego". Tu já provaste esse preparado; não te fez nada. Tentas outro; mas queres menos um companheiro que uma companhia.

Pode ser que a esta hora já tenhas achado o esposo nas condições definidas. Não estás ainda casada, porque é preciso fazer correr os pregões, e tens alguns dias diante de ti, para examinar bem o homem. Lembra-te de Xisto V, amiga minha; não vá ele sair, em vez de um coração arrimado à bengala, um coração com pernas, e umas pernas com músculos e sangue; não vás tu ouvir, em vez da tomada de Constantinopla, a queda de Margarida nos braços de Fausto. Há desses corações, nevados por cima, como estão agora as serras do Itatiaia e de Itajubá, e contendo em si as lavas que o Etna está cuspindo desde alguns dias.

Mas, se ele te sair o que queres, que grande prêmio de loteria! Junto à amurada do navio, vendo a fúria do mar e dos ventos, tu ouvirás muitas cousas sérias e graciosas a um tempo, seguindo com os olhos a fúria dos ventos e o tumulto das ondas, livre do enjôo, como pedia aquele capitão de Nero, e por diferente regímen do que lhe aconselhou o filósofo. E a tua conclusão será como a tua premissa: em caso de tédio, antes um marido que nada.

SALTEADORES DA TESSÁLIA

1893, novembro

Tudo isto cansa, tudo isto exaure. Este sol é o mesmo sol, debaixo do qual, segundo uma palavra antiga, nada existe que seja novo. A lua não é outra lua. O céu azul ou embruscado, as estrelas e as nuvens, o galo da madrugada, é tudo a mesma cousa. Lá vai um para a banca da advocacia, outro para o gabinete médico, este vende, aquele compra, aquele outro empresta, enquanto a chuva cai ou não cai, e o vento sopra ou não; mas sempre o mesmo vento e a mesma chuva. Tudo isto cansa, tudo isto exaure.

Tal era a reflexão que eu fazia comigo, quando me trouxeram os jornais. Que me diriam eles que não fosse velho? A guerra é velha, quase tão velha como a paz. Os próprios diários são decrépitos. A primeira crônica do mundo é justamente a que conta a primeira semana dele, dia por dia, até o sétimo em que o Senhor descansou. O cronista bíblico omite a causa do descanso divino; podemos supor que não foi outra senão o sentimento da caducidade da obra.

Repito, que me trariam os diários? As mesmas notícias locais e estrangeiras, os furtos do Rio e de Londres, as damas da Bahia e de Constantinopla, um incêndio em Olinda, uma tempestade em Chicago, as cebolas do Egito, os juízes de Berlim, a paz de Varsóvia, os *Mistérios de Paris,* a *Lua de Londres,* o *Carnaval de Veneza...* Abri-os sem curiosidade, li-os sem interesse, deixando que os olhos caíssem pelas colunas abaixo, ao peso do próprio fastio. Mas os diabos estacaram de repente, leram, releram e mal puderam crer o que liam. Julgai por vós mesmos.

Antes de ir adiante, é preciso saber a idéia que faço de um legislador, e a que faço de um salteador. Provavelmente, é a vossa. O legislador é o homem deputado pelo povo para votar os seus impostos e leis. É um cidadão ordeiro, ora implacável e violento, ora tolerante e brando, membro de uma câmara que redige, discute e vota as regras do governo, os deveres do cidadão, as penas do crime. O salteador é o contrário. O ofício deste é justamente infringir as leis que o outro decreta. Inimigo delas, contrário à sociedade e à humanidade, tem por gosto, prática e religião tirar a bolsa aos homens, e, se for preciso, a vida. Foge naturalmente aos tribunais, e, por antecipação, aos agentes de polícia. A sua arma é uma espingarda; para que lhe serviriam penas, a não serem de ouro? Uma espingarda, um punhal, olho vivo, pé leve, e mato, eis tudo o que ele pede ao céu. O mais é com ele.

Dadas estas noções elementares, imaginai com que alvoroço li esta notícia de uma de nossas folhas: "Na Grécia foi preso o deputado Talis, e expediu-se ordem de prisão contra outros deputados, por fazerem parte de uma quadrilha de salteadores, que infesta a província da Tessália." Dou-vos dez minutos de incredulidade para o caso de não haverdes lido a notícia; e, se vos acomodais da monotonia da vida, podeis clamar contra semelhante acumulação. Chamai bárbara à moderna Grécia, chamai-lhe opereta, pouco importa. Eu chamo-lhe sublime.

Sim, essa mistura de discurso e carabina, esse apoiar o ministério com um voto de confiança às duas horas da tarde, e ir espreitá-lo às cinco, à beira da estrada, para tirar-lhe os restos do subsídio, não é comum, nem rara, é única. As instituições parlamentares não apresentam em parte nenhuma esta variante. Ao contrário, quaisquer que sejam as modificações de clima, de raça ou de costumes, o regímen das câmaras difere pouco, e, ainda que difira muito, não irá ao ponto de pôr na mesma curul Catão e Caco.[20] Há alguma cousa nova debaixo do sol.

Durante meia hora fiquei como fora de mim. A situação é, na verdade, aristofanesca. Só a mão de grande cômico podia inventar e cumprir tão extraordinária facécia. A folha que dá a notícia, não conta nada da provável confusão de linguagem que há de haver nos dous ofícios. Quando algum daqueles deputados tivesse de falar na câmara, em vez de pedir a palavra, podia muito bem pedir a bolsa ou a vida. Vice-versa, agredindo um viajante, pedir-lhe-ia dous minutos de atenção. E nada ficaria, em absoluto, fora do seu lugar; com dous minutos de atenção se tira o relógio a um homem, e mais de um na câmara preferiria entregar a bolsa a ouvir um discurso.

Mas, por todos os deuses do Olimpo! não há gosto perfeito na terra. No melhor da alegria, acudiu-me à lembrança o livro de Edmond About, onde me pareceu que havia alguma cousa semelhante à notícia. Corri a ele; achei a cena dos maniotas, que ameaçavam brandamente um dos amigos do autor, se lhes não desse uma pequena quantia. O chefe do grupo era empregado subalterno da administração local. About chega, ameaça por sua vez os homens, e, para assustá-los, cita o nome de um deputado para quem levava carta de recomendação. "Fulano! exclamou o chefe da quadrilha, rindo; conheço muito, é dos nossos."

Assim, pois, nem isto é novo! Já existia há quarenta anos! A novidade está no mandado de prisão, se é a primeira vez que ele se expede, ou se até agora os homens faziam um dos dous ofícios discretamente. Fiquei triste. Eis aí, tornamos à velha divisão de classes, que a terra de Homero podia destruir pela forma audaz de Talis. Aí volta a monotonia das funções separadas, isto é, uma restrição à liberdade das profissões. A própria poesia perde com isto; ninguém ignora que o salteador, na arte, é um caráter generoso e nobre. Talis, se é assim que se lhe escreve o nome, pode ser que tivesse ganho um par de sapatos a tiro de espingarda; mas estou certo que proporia na câmara uma pensão à viúva da vítima. São duas operações diversas, e a diversidade é o próprio espírito grego. Adeus, minha ilusão de um instante! Tudo continua a ser velho: *nihil sub sole novum*.[21]

Eu pediria o perdão de Talis, se pudesse ser ouvido. Condenem os demais, se querem, mas deixem um, Talis ou outro qualquer, um funcionário duplo, que tire ao parlamento grego o aspecto de uma instituição aborrecida. Que a Hélade deite os ministérios abaixo, se lhe apraz, mas não atire às águas do

Eurotas um elemento de aventura e de poesia. Acabou com o turco, acabe com este modernismo, que é outro turco, diferente do primeiro em não ser silencioso. Não esqueça que Byron, um dos seus grandes amigos, deixou o parlamento britânico para fugir à discussão da resposta à fala do trono. E repare que não há, entre os seus poemas, nenhum que se chame *O presidente do conselho*, mas há um que se chama *O Corsário*.

É um pedaço do evangelho do Diabo...
(PÁGINAS RECOLHIDAS — O Sermão do diabo, página 160)

O SERMÃO DO DIABO

1893, setembro.

Nem sempre respondo por papéis velhos; mas aqui está um que parece autêntico; e, se o não é, vale pelo texto, que é substancial. É um pedaço do evangelho do Diabo, justamente um sermão da montanha, à maneira de S. Mateus. Não se apavorem as almas católicas. Já Santo Agostinho dizia que "a igreja do Diabo imita a igreja de Deus". Daí a semelhança entre os dois evangelhos. Lá vai o do Diabo:

"1º E vendo o Diabo a grande multidão de povo, subiu a um monte, por nome Corcovado, e, depois de se ter sentado, vieram a ele os seus discípulos.

"2º E ele, abrindo a boca, ensinou dizendo as palavras seguintes.

"3º Bem-aventurados aqueles que embaçam, porque eles não serão embaçados.

"4º Bem-aventurados os afoutos, porque eles possuirão a terra.

"5º Bem-aventurados os limpos das algibeiras, porque eles andarão mais leves.

"6º Bem-aventurados os que nascem finos, porque eles morrerão grossos.

"7º Bem-aventurados sois, quando vos injuriarem e disserem todo o mal, por meu respeito.

"8º Folgai e exultai, porque o vosso galardão é copioso na terra.

"9º Vós sois o sal do *money market*.[22] E se o sal perder a força, com que outra cousa se há de salgar?

"10. Vós sois a luz do mundo. Não se põe uma vela acesa debaixo de um chapéu, pois assim se perdem o chapéu e a vela.

"11. Não julgueis que vim destruir as obras imperfeitas, mas refazer as desfeitas.

"12. Não acrediteis em sociedades arrebentadas. Em verdade vos digo que todas se consertam, e se não for com remendo da mesma cor, será com remendo de outra cor.

"13. Ouvistes que foi dito aos homens: Amai-vos uns aos outros. Pois eu digo-vos: Comei-vos uns aos outros; melhor é comer que ser comido; o lombo alheio é muito mais nutritivo que o próprio.

"14. Também foi dito aos homens: Não matareis a vosso irmão, nem a vosso inimigo, para que não sejais castigados. Eu digo-vos que não é preciso matar a vosso irmão para ganhardes o reino da terra; basta arrancar-lhe a última camisa.

"15. Assim, se estiveres fazendo as tuas contas, e te lembrar que teu irmão anda meio desconfiado de ti, interrompe as contas, sai de casa, vai ao encontro de teu irmão na rua, restitui-lhe a confiança, e tira-lhe o que ele ainda levar consigo.

"16. Igualmente ouvistes que foi dito aos homens: Não jurareis falso, mas cumpri ao Senhor os teus [23] juramentos.

"17. Eu, porém, vos digo que não jureis nunca a verdade, porque a verdade nua e crua, além de indecente, é dura de roer; mas jurai sempre e a propósito de tudo, porque os homens foram feitos para crer antes nos que juram falso, do que nos que não juram nada. Se disseres que o sol acabou, todos acenderão velas.

"18. Não façais as vossas obras diante de pessoas que possam ir contá-lo à polícia.

"19. Quando, pois, quiserdes tapar um buraco, entendei-vos com algum sujeito hábil, que faça treze de cinco e cinco.

"20. Não queirais guardar para vós tesouros na terra, onde a ferrugem e a traça os consomem, e donde os ladrões os tiram e levam.

"21. Mas remetei os vossos tesouros para algum banco

de Londres, onde [nem] a ferrugem, nem a traça os consomem, nem os ladrões os roubam, e onde ireis vê-los no dia do juízo.

"22. Não vos fieis uns nos outros. Em verdade vos digo, que cada um de vós é capaz de comer o seu vizinho, e boa cara não quer dizer bom negócio.

"23. Vendei gato por lebre, e concessões ordinárias por excelentes, a fim de que a terra se não despovoe das lebres, nem as más concessões pereçam nas vossas mãos.

"24. Não queirais julgar para que não sejais julgados; não examineis os papéis do próximo para que ele não examine os vossos, e não resulte irem os dous para a cadeia, quando é melhor não ir nenhum.

"25. Não tenhais medo às assembléias de acionistas, e afagai-as de preferência às simples comissões, porque as comissões amam a vanglória e as assembléias as boas palavras.

"26. As porcentagens são as primeiras flores do capital; cortai-as logo, para que as outras flores brotem mais viçosas e lindas.

"27. Não deis conta das contas passadas, porque passadas são as contas contadas, e perpétuas as contas que se não contam.

"28. Deixai falar os acionistas prognósticos; uma vez aliviados, assinam de boa vontade.

"29. Podeis excepcionalmente amar a um homem que vos arranjou um bom negócio; mas não até o ponto de o não deixar com as cartas na mão, se jogardes juntos.

"30. Todo aquele que ouve estas minhas palavras, e as observa, será comparado ao homem sábio, que edificou sobre a rocha e resistiu aos ventos; ao contrário do homem sem consideração, que edificou sobre a areia, e fica a ver navios..."

Aqui acaba o manuscrito que me foi trazido pelo próprio Diabo, ou alguém por ele; mas eu creio que era o próprio. Alto, magro, barbícula ao queixo, ar de Mefistófeles. Fiz-lhe uma cruz com os dedos e ele sumiu-se. Apesar de tudo, não respondo pelo papel, nem pelas doutrinas, nem pelos erros de cópia.

A CENA DO CEMITÉRIO

1894, junho.

Não mistureis alhos com bugalhos; é o melhor conselho que posso dar às pessoas que lêem de noite na cama. A noite passada, por infringir essa regra, tive um pesadelo horrível. Escutai; não perdereis os cinco minutos de audiência. Foi o caso que, como não tinha acabado de ler os jornais de manhã, fi-lo à noite. Pouco já havia que ler, três notícias e a cotação da praça. Notícias da manhã, lidas à noite, produzem sempre o efeito de modas velhas, donde concluo que o melhor encanto das gazetas está na hora em que aparecem. A cotação da praça, conquanto tivesse a mesma feição, não a li com igual indiferença, em razão das recordações que trazia do ano terrível (1890-91).[24] Gastei mais tempo a lê-la e relê-la. Afinal pus os jornais de lado, e, não sendo tarde, peguei de um livro, que acertou de ser Shakspeare. O drama era *Hamlet*. A página, aberta ao acaso, era a cena do cemitério, ato V. Não há que dizer ao livro nem à página; mas essa mistura de poesia e cotação de praça, de gente morta e dinheiro vivo, não podia gerar nada bom; eram alhos com bugalhos.

Sucedeu o que era de esperar; tive um pesadelo. A princípio, não pude dormir; voltava-me de um lado para outro, vendo as figuras de Hamlet e de Horácio, os coveiros e as caveiras, ouvindo a balada e a conversação. A muito custo, peguei no sono. Antes não pegasse! Sonhei que era Hamlet; trazia a mesma capa negra, as meias, o gibão e os calções da mesma cor. Tinha a própria alma do príncipe da Dinamarca. Até aí nada houve que me assustasse. Também não me aterrou ver, ao pé de mim, vestido de Horácio, o meu fiel criado

José. Achei natural; ele não o achou menos. Saímos de casa para o cemitério; atravessamos uma rua que nos pareceu ser a Primeiro de Março e entramos em um espaço que era metade cemitério, metade sala. Nos sonhos há confusões dessas, imaginações duplas ou incompletas, mistura de cousas opostas, dilacerações, desdobramentos inexplicáveis; mas, enfim, como eu era Hamlet e ele Horácio, tudo aquilo devia ser cemitério. Tanto era que ouvimos logo a um dos coveiros esta estrofe:

> Era um título novinho,
> Valia mais de oitocentos;
> Agora que está velhinho
> Não chega a valer duzentos.

Entramos e escutamos. Como na tragédia, deixamos que os coveiros falassem entre si, enquanto faziam a cova de Ofélia. Mas os coveiros eram ao mesmo tempo corretores, e tratavam de ossos e papéis. A um deles ouvia bradar que tinha trinta ações da Companhia Promotora das Batatas Econômicas. Respondeu-lhe outro que dava cinco mil-réis por elas. Achei pouco dinheiro e disse isto mesmo a Horácio, que me respondeu, pela boca de José: "Meu senhor, as batatas desta companhia foram prósperas enquanto os portadores dos títulos não as foram plantar. A economia da nobre instituição consistia justamente em não plantar o precioso tubérculo; uma vez que o plantassem era indício certo da decadência e da morte."

Não entendi bem; mas os coveiros, fazendo saltar caveiras do solo, iam dizendo graças e apregoando títulos. Falavam de bancos, do Banco Único, do Banco Eterno, do Banco dos Bancos, e os respectivos títulos eram vendidos ou não, segundo oferecessem por eles sete tostões ou duas patacas. Não eram bem títulos nem bem caveiras; eram as duas cousas juntas, uma fusão de aspectos, letras com buracos de olhos, dentes por assinaturas. Demos mais alguns passos, até que eles nos viram. Não se admiraram; foram indo com o trabalho de cavar e vender. — Cem da Companhia Balsâmica! — Três mil-réis. — São suas. — Vinte e cinco da Companhia Salvadora! — Mil-réis! — Dous mil-réis — Dous mil e cem! — E duzentos! — E quinhentos! — São suas.

Cheguei-me a um, ia a falar-lhe, quando fui interrompido pelo próprio homem: "— Pronto Alívio! meus senhores! Dez do Banco Pronto Alívio! Não dão nada, meus senhores? Pronto Alívio! senhores... Quanto dão? Dous tostões? Oh! não! não! valem mais! Pronto Alívio! Pronto Alívio!" O homem calou-se afinal, não sem ouvir de outro coveiro que, como alívio, o banco não podia ter sido mais pronto. Faziam trocadilhos, como os coveiros de Shakspeare. Um deles, ouvindo apregoar sete ações do Banco Pontual, disse que tal banco foi realmente pontual até o dia em que passou do ponto à reticência. Como espírito, não era grande cousa; daí a chuva de tíbias que caiu em cima do autor. Foi uma cena lúgubre e alegre ao mesmo tempo. Os coveiros riam, as caveiras riam, as árvores, torcendo-se aos ventos da Dinamarca, pareciam torcer-se de riso, e as covas abertas riam, à espera que fossem chorar sobre elas.

Surdiram muitas outras caveiras ou títulos. Da Companhia Exploradora de Além-Túmulo apareceram cinqüenta e quatro, que se venderam a dez réis. O fim desta companhia era comprar para cada acionista um lote de trinta metros quadrados no Paraíso. Os primeiros títulos, em março de 1891, subiram a conto de réis; mas se nada há seguro neste mundo conhecido, pode havê-lo no incognoscível? Esta dúvida entrou no espírito do caixa da companhia, que aproveitou a passagem de um paquete transatlântico, para ir consultar um teólogo europeu, levando consigo tudo o que havia mais cognoscível entre os valores. Foi um coveiro que me contou este antecedente da companhia. Eis aqui, porém, surdiu uma voz do fundo da cova, que estavam abrindo. Uma *debenture!* uma *debenture!*

Era já outra cousa. Era uma *debenture*. Cheguei-me ao coveiro, e perguntei que era que estava dizendo. Repetiu o nome do título. Uma *debenture?* — Uma *debenture*. Deixe ver, amigo. E, pegando nela, como Hamlet, exclamei, cheio de melancolia:

— *Alas, poor Yorick!*[26] Eu o conheci, Horácio. Era um título magnífico. Estes buracos de olhos foram algarismos de

Foi uma cena lúgubre e alegre ao mesmo tempo.
(PÁGINAS RECOLHIDAS — A cena do cemitério, página 165)

brilhantes, safiras e opalas. Aqui, onde foi nariz, havia um promontório de marfim velho lavrado; eram de nácar estas faces, os dentes de ouro, as orelhas de granada e safira. Desta boca saíam as mais sublimes promessas em estilo alevantado e nobre. Onde estão agora as belas palavras de outro tempo? Prosa eloqüente e fecunda, onde param os longos períodos, as frases galantes, a arte com que fazias ver a gente cavalos soberbos com ferraduras de prata e arreios de ouro? Onde os carros de cristal, as almofadas de cetim? Diz-me cá, Horácio.

— Meu senhor...

— Crês que uma letra de Sócrates esteja hoje no mesmo estado que este papel?

— Seguramente.

— Assim que, uma promessa de dívida do nobre Sócrates não será hoje mais que uma *debenture* escangalhada?

— A mesma cousa.

— Até onde podemos descer, Horácio! Uma letra de Sócrates pode vir a ter os mais tristes empregos deste mundo; limpar os sapatos, por exemplo. Talvez ainda valha menos que esta *debenture*.

— Saberá Vossa Senhoria que eu não dava nada por ela.

— Nada? Pobre Sócrates! Mas espera, calemo-nos, aí vem um enterro.

Era o enterro de Ofélia. Aqui o pesadelo foi-se tornando cada vez mais aflitivo. Vi os padres, o rei e a rainha, o séquito, o caixão. Tudo se me fez turvo e confuso. Vi a rainha deitar flores sobre a defunta. Quando o jovem Laertes saltou dentro da cova, saltei também; ali dentro atracámo-nos, esbofeteámo-nos. Eu suava, eu matava, eu sangrava, eu gritava...

— Acorde, patrão! acorde!

CANÇÃO DE PIRATAS

1894, julho.

Telegrama da Bahia refere que o Conselheiro está em Canudos com 2.000 homens (dous mil homens) perfeitamente armados. Que Conselheiro? O Conselheiro. Não lhe ponhas nome algum, que é sair da poesia e do mistério. É o Conselheiro, um homem, dizem que fanático, levando consigo a toda a parte aqueles dous mil legionários. Pelas últimas notícias tinha já mandado um contingente a Alagoinhas. Temem-se no Pombal e outros lugares os seus assaltos.

Jornais recentes afirmam também que os célebres clavinoteiros de Belmonte têm fugido, em turmas, para o sul, atravessando a comarca de Porto Seguro. Essa outra horda, para empregar o termo do profano vulgo que odeio,[26] não obedece ao mesmo chefe. Tem outro ou mais de um, entre eles o que responde ao nome de Cara de Graxa. Jornais e telegramas dizem dos clavinoteiros e dos sequazes do Conselheiro que são criminosos; nem outra palavra pode sair de cérebros alinhados, registrados, qualificados, cérebros eleitores e contribuintes. Para nós, artistas, é a renascença, é um raio de sol que, através da chuva miúda e aborrecida, vem dourar-nos a janela e a alma. É a poesia que nos levanta do meio da prosa chilra e dura deste fim de século. Nos climas ásperos, a árvore que o inverno despiu, é novamente enfolhada pela primavera, essa eterna florista que aprendeu não sei onde e não esquece o que lhe ensinaram. A arte é a árvore despida; eis que lhe rebentam folhas novas e verdes.

Sim, meus amigos. Os dous mil homens do Conselheiro, que vão de vila em vila, assim como os clavinoteiros de Bel-

Que Conselheiro? O Conselheiro.
(PÁGINAS RECOLHIDAS — Canção de piratas, página 168)

monte, que se metem pelo sertão, comendo o que arrebatam, acampando em vez de morar, levando moças naturalmente, moças cativas, chorosas e belas, são os piratas dos poetas de 1830. Poetas de 1894, aí tendes matéria nova e fecunda. Recordai vossos pais; cantai, como Hugo, a canção dos piratas:

> En mer, les hardis écumeurs!
> Nous allions de Fez à Catane... [27]

Entrai pela Espanha, é ainda a terra da imaginação de Hugo, esse homem de todas as pátrias; puxai pela memória, ouvire's Espronceda dizer outra canção de pirata, um que desafia a ordem e a lei, como o nosso Conselheiro. Ide a Veneza; aí Byron recita os versos do *Corsário* no regaço da bela Guiccioli. Tornai à nossa América, onde Gonçalves Dias também cantou o seu pirata. Tudo pirata. O romantismo é a pirataria, é o banditismo, é a aventura do salteador que estripa um homem e morre por uma dama.

Crede-me, esse Conselheiro que está em Canudos com os seus dous mil homens, não é o que dizem telegramas e papéis públicos. Imaginai uma legião de aventureiros galantes, audazes, sem ofício nem benefício, que detestam o calendário, os relógios, os impostos, as reverências, tudo o que obriga, alinha e apruma. São homens fartos desta vida social e pacata, os mesmos dias, as mesmas caras, os mesmos acontecimentos, os mesmos delitos, as mesmas virtudes. Não podem crer que o mundo seja uma secretaria de Estado, com o seu livro do ponto, hora de entrada e de saída, e desconto por faltas. O próprio amor é regulado por lei; os consórcios celebram-se por um regulamento em casa do pretor, e por um ritual na casa de Deus, tudo com a etiqueta dos carros e casacas, palavras simbólicas, gestos de convenção. Nem a morte escapa à regulamentação universal; o finado há de ter velas e responsos, um caixão fechado, um carro que o leve, uma sepultura numerada, como a casa em que viveu... Não, por Satanás! Os partidários do Conselheiro lembraram-se dos piratas românticos, sacudiram as sandálias à porta da civilização e saíram à vida livre.

A vida livre, para evitar a morte igualmente livre, precisa comer, e daí alguns possíveis assaltos. Assim também o amor livre. Eles não irão às vilas pedir moças em casamento. Suponho que se casam a cavalo, levando as noivas à garupa, enquanto as mães ficam soluçando e gritando à porta das casas ou à beira dos rios. As esposas do Conselheiro, essas são raptadas em verso, naturalmente:

> Sa Hautesse aime les primeurs,
> Nous vous ferons mahométane... 28

Maometana ou outra cousa, pois nada sabemos da religião desses, nem dos clavinoteiros, a verdade é que todas elas se afeiçoarão ao regímen, se regímen se pode chamar a vida errática. Também há estrelas erráticas, dirão elas, para se consolarem. Que outra cousa podemos supor de tamanho número de gente? Olhai que tudo cresce, que os exércitos de hoje não são já os dos tempos românticos, nem as armas, nem os legisladores, nem os contribuintes, nada. Quando tudo cresce, não se há de exigir que os aventureiros de Canudos, Alagoinhas e Belmonte contem ainda aquele exíguo número de piratas da cantiga:

> Dans la galère capitane,
> Nous étions quatre-vingts rameurs, 29

mas mil, dous mil, no mínimo. Do mesmo modo, ó poetas, devemos compor versos extraordinários e rimas inauditas. Fora com as cantigas de pouco fôlego. Vamos fazê-las de mil estrofes, com estribilho de cinqüenta versos, e versos compridos, dous decassílabos atados por um alexandrino e uma redondilha. Pélion sobre Ossa, versos de Adamastor, versos de Encélado. Rimemos o Atlântico com o Pacífico, a via-láctea com as areias do mar, ambições com malogros, empréstimos com calotes, tudo ao som das polcas que temos visto compor, vender e dançar só no Rio de Janeiro. Ó vertigem das vertigens!

Durante meio século, Garnier não fez outra coisa...
(PÁGINAS RECOLHIDAS — Garnier, página, 173)

GARNIER

1893, outubro.

Segunda-feira desta semana, o livreiro Garnier saiu pela primeira vez de casa para ir a outra parte que não a livraria. *Revertere ad locum tuum*[30] — está escrito no alto da porta do cemitério de S. João Batista. Não, murmurou ele talvez dentro do caixão mortuário, quando percebeu para onde o iam conduzindo, não é este o meu lugar; o meu lugar é na Rua do Ouvidor 71, ao pé de uma carteira de trabalho, ao fundo, à esquerda; é ali que estão os meus livros, a minha correspondência, as minhas notas, toda a minha escrituração.

Durante meio século, Garnier não fez outra cousa, senão estar ali, naquele mesmo lugar, trabalhando. Já enfermo desde alguns anos, com a morte no peito, descia todos os dias de Santa Teresa para a loja, de onde regressava antes de cair a noite. Uma tarde, ao encontrá-lo na rua, quando se recolhia, andando vagaroso, com os seus pés direitos, metido em um sobretudo, perguntei-lhe por que não descansava algum tempo. Respondeu-me com outra pergunta: *Pourriez-vous résister, si vous étiez forcé de ne plus faire ce que vous auriez fait pendant cinquante ans?* [31] Na véspera da morte, se estou bem informado, achando-se de pé, ainda planejou descer na manhã seguinte, para dar uma vista de olhos à livraria.

Essa livraria é uma das últimas casas da Rua do Ouvidor; falo de uma rua anterior e acabada. Não cito os nomes das que se foram, porque não as conheceríeis, vós que sois mais rapazes que eu, e abristes os olhos em uma rua animada e populosa onde se vendem, ao par de belas jóias, excelentes queijos. Uma das últimas figuras desaparecidas foi o Bernardo, o perpétuo Bernardo, cujo nome achei ligado aos charutos do duque de Caxias, que tinha fama de os fumar únicos, os quase únicos. Há casas como a Laemmert e o *Jornal do Comércio,* que ficaram e prosperaram, embora os fundadores se fossem; a maior parte, porém, desfizeram-se com os donos.

Garnier é das figuras derradeiras. Não aparecia muito; durante os 20 anos das nossas relações, conheci-o sempre no mesmo lugar, ao fundo da livraria, que a princípio era em outra casa, nº 69, abaixo da Rua Nova.[32] Não pude conhecê-lo na da Quitanda, onde se estabeleceu primeiro. A carteira é que pode ser a mesma, como o banco alto onde ele repousava, às vezes, de estar em pé. Aí vivia sempre, pena na mão, diante de um grande livro, notas soltas, cartas que assinava ou lia. Com o gesto obsequioso, a fala lenta, os olhos mansos, atendia a toda gente. Gostava de conversar o seu pouco. Neste caso, quando a pessoa amiga chegava, se não era dia de mala, ou se o trabalho ia adiantado e não era urgente, tirava logo os óculos, deixando ver no centro do nariz uma depressão do longo uso deles. Depois vinham duas cadeiras. Pouco sabia da política da terra, acompanhava a de França, mas só o ouvi falar com interesse por ocasião da guerra de 1870. O francês sentiu-se francês. Não sei se tinha partido; presumo que haveria trazido da pátria, quando aqui aportou, as simpatias da classe média para com a monarquia orleanista. Não gostava do império napoleônico. Aceitou a república, e era grande admirador de Gambetta.

Daquelas conversações tranqüilas, algumas longas, estão mortos quase todos os interlocutores, Liais, Fernandes Pinheiro, Macedo, Joaquim Norberto, José de Alencar, para só indicar estes. De resto, a livraria era um ponto de conversação e de encontro. Pouco me dei com Macedo, o mais popular dos nossos autores, pela *Moreninha* e pelo *Fantasma Branco,* romance e comédia que fizeram as delícias de uma geração inteira. Com José de Alencar foi diferente; ali travamos as nossas relações literárias. Sentados os dous, em frente à rua, quantas vezes tratámos daqueles negócios de arte e poesia, de estilo e imaginação, que valem todas as canseiras deste mundo.

Muitos outros iam ao mesmo ponto de palestra. Não os cito, porque teria de nomear um cemitério, e os cemitérios são tristes, não em si mesmos, ao contrário. Quando outro dia fui a enterrar o nosso velho livreiro, vi entrar no de S. João Batista, já acabada a cerimônia e o trabalho, um bando de crianças que iam divertir-se. Iam alegres, como quem não pisa memórias nem saudades. As figuras sepulcrais eram, para elas, lindas bonecas de pedra; todos esses mármores faziam um mundo único, sem embargo das suas flores mofinas, ou por elas mesmas, tal é a visão dos primeiros anos. Não citemos nomes.

Nem mortos, nem vivos. Vivos há-os ainda, e dos bons, que alguma cousa se lembrarão daquela casa e do homem que a fez e perfez. Editar obras jurídicas ou escolares, não é mui difícil; a necessidade é grande, a procura certa. Garnier, que fez custosas edições dessas, foi também editor de obras literárias, o primeiro e o maior de todos. Os seus catálogos estão cheios dos nomes principais, entre os nossos homens de letras. Macedo e Alencar, que eram os mais fecundos, sem igualdade de mérito, Bernardo Guimarães, que também produziu muito nos seus últimos anos, figuram ao pé de outros, que entraram já consagrados, ou acharam naquela casa a porta da publicidade e o caminho da reputação.

Não é mister lembrar o que era essa livraria tão copiosa e tão variada, em que havia tudo, desde a teologia até à novela, o livro clássico, a composição recente, a ciência e a imaginação, a moral e a técnica. Já a achei feita; mas vi-a crescer ainda mais, por longos anos. Quem a vê agora, fechadas as portas, trancados os mostradores, à espera da justiça, do inventário e dos herdeiros, há de sentir que falta alguma cousa à rua. Com efeito, falta uma grande parte dela, e bem pode ser que não volte, se a casa não conservar a mesma tradição e o mesmo espírito.

Pessoalmente, que proveito deram a esse homem as suas labutações? O gosto do trabalho, um gosto que se transformou em pena, porque no dia em que devera libertar-se dele, não pôde mais; o instrumento da riqueza era também o do castigo. Esta é uma das misericórdias da Divina Natureza. Não importa: *laboremus*.[33] Valha sequer a memória, ainda que perdida nas páginas dos dicionários biográficos. Perdure a notícia, ao menos, de alguém que neste país novo ocupou a vida inteira em criar uma indústria liberal, ganhar alguns milhares de contos de réis, para ir afinal dormir em sete palmos de uma sepultura perpétua. Perpétua!

NOTAS

1 Ficava entre as ruas General Câmara, São Pedro (desaparecidas com a abertura da Av. Pres. Vargas) e dos Andradas. Antes de dar lugar à nova Avenida chamou-se Praça Lopes Trovão.
2 Atual Uruguaiana.
3 O Aljube era de início prisão para eclesiásticos, transformado depois em depósito de presos em geral. A antiga Rua do Aljube é hoje a Rua do Acre.
4 Pedro Joaquim Antônio Correia Garção (1724-1772). Poeta português do Neoclassicismo, foi um dos fundadores da Arcádia Lusitana.
5 Atual Praça da República.
6 Atual Rua da Constituição.
7 Era a Rua Senador Eusébio, que desapareceu para dar lugar à Av. Presidente Vargas.
8 Ponte dos Marinheiros.
9 Trecho do litoral entre o Morro da Gamboa e a Bica dos Marinheiros. A antiga Rua do Saco do Alferes, hoje Rua da América, era um caminho irregular que ligava a Gamboa à Enseada ou Saco do Alferes.
10 Atual General Pedra.
11 Na sua primeira fala, Romeu trata Frei Lourenço por *vós*: "Abençoai-nos". Já aqui, na quarta, o tratamento é *tu*. Mais adiante volta o *vós*: "Olhai". "— E que *vos* disseram eles?" Na fala seguinte, porém, se lê esta mistura de tratamentos: "— Mas que *te* disseram eles? Contai, contai depressa." E a seguir: "é o que eu *te* disse há pouco, meu bom confessor." — Julieta, na sua segunda fala, usa a 2ª pessoa do singular: "*tua* mão", "repe*te*"; na terceira fala, já aparece "Juro-*vos*". Daí por diante, quase só emprega o singular, à exceção da 6ª fala, em que vêm de mistura "Dize" e "casai". — Conservei essas discordâncias das duas edições Garnier publicadas em vida do Autor. Parece difícil explicar tal fato, num escritor cuidadoso como Machado. Quereria ele, com isso, mostrar-nos o estado de perturbação dos amorosos de Verona? O leitor compreenderá meu escrúpulo, ao conservar essas variações e mis-

turas de tratamento, numa das mais belas e líricas páginas do Mestre.

12 Referência ao romance de Pierre Loti *Pêcheur d'Islande* ("Pescador da Islândia"), em que o pescador Yann ama Gaud, uma moça rica que ele não ousava pedir em casamento. Nas edições Garnier está *Maud* em lugar de *Gaud*.

13 É esta uma das raríssimas ocorrências da variante *coisa* na obra de M. de A., provavelmente obra do tipógrafo.

14 (Francês): "muito republicano de convicção e muito aristocrata de temperamento".

15 Atual Tiradentes.

16 A Rua do Cano é a atual Sete de Setembro; a dos Ciganos é hoje a da Constituição.

17 "História da Rebelião e das Guerras Civis na Inglaterra"; a palavra inglesa *debater*, que figura linhas atrás, significa "debatedor", "discutidor", "questionador".

18 Atual Visconde do Rio Branco.

19 Assim nas ed. Garnier. O sentido parece pedir *surdas*, em vez de *mudas*.

20 Na mitologia romana, Caco era um salteador monstruoso, filho de Vulcano; Catão, o Censor, foi um político romano, célebre pela austeridade dos seus princípios.

21 Latim: "nada de novo sob o sol".

22 Inglês: "mercado do dinheiro".

23 Está assim nas ed. Garnier. No versículo seguinte também ocorre uma estranha discordância: *disseres* por *disserdes*.

24 Foi entre 1890 e 1891 o período de grande agitação financeira conhecido como Encilhamento, durante o qual o desenfreado movimento da Bolsa provocou a perda de consideráveis fortunas.

25 Inglês: "Ai de ti, pobre Yorick!"

26 Reminiscência do verso do poeta latino Horácio (*Odes*, III, 1, 1) "*Odi profanum vulgus*" ("odeio o vulgo profano").

27 Francês: "Ao mar, audazes corsários! / Nós íamos de Fez a Catânia..."

28 Francês: "Sua Alteza ama as novidades, / Nós vos faremos maometana..."

29 "Na galera capitânia, / Éramos oitenta remadores".

30 Latim: "Volta ao teu lugar" (isto é, ao barro de que foste feito).

31 Francês: "Poderia o Sr. resistir, se fosse forçado a não fazer mais o que fez durante cinquenta anos?"

32 Atual Travessa do Ouvidor.

33 Latim: "trabalhemos".

A presente edição de PÁGINAS RECOLHIDAS de Machado de Assis é o Volume de número 15 da Coleção dos Autores Célebres da Literatura Brasileira. Impresso na Líthera Maciel Editora Gráfica Ltda., à rua Simão Antônio, 1070 - Belo Horizonte, para a Editora Garnier, à Rua São Geraldo, 67 - Contagem - MG. No catálogo geral leva o número 03015/7B ISBN. 85-7175-008-4